〔南宋〕張炎 著

張玉田詞

廣陵書社
中國·揚州

圖書在版編目（CIP）數據

張玉田詞 / (南宋) 張炎著. -- 揚州 : 廣陵書社, 2019.1（2020.9重印）
（經典國學讀本）
ISBN 978-7-5554-1175-8

Ⅰ. ①張… Ⅱ. ①張… Ⅲ. ①宋詞一選集 Ⅳ. ①I222.844

中國版本圖書館CIP數據核字(2018)第287892號

書　　名	張玉田詞
著　　者	(南宋) 張炎
責任編輯	張　敏
出 版 人	曾學文
裝幀設計	鴻儒文軒

出版發行	廣陵書社	
	揚州市維揚路 349 號	郵編:225009
	(0514) 85228081(總編辦)	85228088(發行部)
	http://www.yzglpub.com	E-mail:yzglss@163.com
印　　刷	三河市華東印刷有限公司	

開　　本	880 毫米×1230 毫米　1/32
印　　張	7
字　　數	80 千字
版　　次	2019 年 1 月第 1 版
印　　次	2020 年 9 月第 2 次印刷
書　　號	ISBN 978-7-5554-1175-8
定　　價	38.00 圓

編輯説明

自上世紀九十年代始，我社陸續編輯出版一套綫裝本中華傳統文化普及讀物，名爲《文華叢書》。編者孜孜矻矻，兀兀窮年，歷經二十載，聚爲上百種，集腋成裘，蔚爲可觀。叢書以内容經典、形式古雅、編校精審，深受讀者歡迎，不少品種已不斷重印，常銷常新。

國學經典，百讀不厭，其中藴含的生活情趣、生命哲理、人生智慧，以及家國情懷、歷史經驗、宇宙真諦，令人回味無窮，啓迪至深。爲了方便讀者閲讀國學原典，更廣泛地普及傳統文化，特于《文華叢書》基礎上，重加編輯，推出《經典國學讀本》叢書。

本叢書甄選國學之基本典籍，萃精華于一編。以内容言，所選均爲家喻户曉的經典名著，涵蓋經史子集，包羅詩詞文賦、小品蒙書，琳琅滿目；以篇幅言，每種規模不大，或數種彙于一書，便于誦讀；以形式言，採用傳統版式，字大文簡，讀來令人賞心悦目；以編輯言，力求精擇良善版本，細加校勘，注重精讀原文，偶作簡明小注，或酌配古典版畫，體現編輯的匠心。

當下國學典籍的出版方興未艾，品質參差不齊。希望這套我社經年打造的品牌叢書，能爲讀者朋友閱讀經典提供真正的精善讀本。

廣陵書社編輯部

二〇一七年十二月

出版説明

張炎（一二四八—一三二〇？），字叔夏，號玉田、樂笑翁，又以《春水》詞著名，時人號爲『張春水』。祖籍秦州成紀（今甘肅天水、陝西寶鷄一帶），六世祖張俊（宋南渡勛臣）時遷居臨安（今杭州），曾祖張鎡、父張樞皆工詩詞。張炎出身顯貴，其家集聲伎之盛，歷五世未衰。環境優渥，耳濡目染，張炎少年時便有天資，并得傳承家學、外受名師，詩詞畫俱佳。及中年（三十二歲前後）逢宋室覆亡，家族破敗，人生隨之有了飄泊、隱居、北遊、返吴、歸隱的轉折經歷。約元英宗至治（一三二一—一三二三）初年卒。生平除詞作以外，有《詞源》二卷。

張炎論詞尊尚姜白石清空高遠一派，有意學之，清代浙西詞派并稱『姜張』爲尊，并有『家白石而户玉田』的盛况。詞論家王鵬運曾刻《雙白詞》，將《白石道人歌曲》與張炎《山中白雲詞》合稱『雙白』。談及張炎，往往與白石相較并提，其詞學風格、地位及淵源可見一斑。

詞至南宋，音律章法漸近圓熟，樂府詞、自度曲流行於時，張炎正是擅長詞律的專家，於文字上刻畫雕琢，却不妨其流麗清暢。在白石以外，轉益多師，更偏向雅正、空靈、婉麗，將與『密』相對的『疏』發展并影響後世久遠。與豐富沉浮的人生閱歷相關，張炎詞作甚富，早期多數散失，今可見者多爲中年以後所作，因此也偏向哀怨、蕭疏有餘而激憤、含蓄不足。歷來論者或推崇，或偶有微詞，以爲枯淡、膚淺（見王國維《人間詞話》、朱熹《清邃閣論詩》），可視爲旨趣之異，以及後來步武者未得其真髓、反學其弊所致（見吴梅《詞學通論》）。詞人生逢際遇、家國之思及人格情懷，可於詞中窺見，留於知音者。

張炎詞集傳世版本較少，有《山中白雲詞》八卷、《玉田詞》二卷兩大系統。《山中白雲詞》八卷，明代陶宗儀手鈔本，錢庸亭所藏，清朱彝尊録之，有龔蘅圃刻本，是較完整的版本，民國間朱孝臧復刻收入《彊村叢書》，總計其詞三百餘首。今以此爲底本編排，隨文附評，少量插圖補白增色，以饗讀者。疏謬之處，誠請不吝賜教。

廣陵書社編輯部

二〇一八年十一月

目録

卷二

卷三

卷五

卷六

附録

山中白雲詞原序（四庫全書）

宋南渡勳王之裔子玉田張君，自社稷變置、凌烟廢墮，落魄縱飲，北遊燕薊，上公車、登承明有日矣。一日思江南菰米蒓絲，慨然襆被而歸，不入古杭，扁舟浙水東西，爲漫浪遊，散囊中千金，裝吴江楚岸、楓丹葦白，一奚童負錦囊自隨。詩有姜堯章深婉之風，詞有周清真雅麗之思，畫有趙子固瀟灑之意。未脱承平公子故態，笑語歌哭，騷姿雅骨，不以夷險變遷也。其楚狂與，其阮籍與，其賈生與，其蘇門嘯者與。歲丁酉三月，客我寧海，將登台峰，於其行也，舉觴贈言。是月既望，閬風舒岳祥八十歲書。

詞與辭字通用，《釋文》云意内而言外也。意生言，言生聲，聲生律，律生調，故曲生焉。《花間》以前無雜譜，秦周以後無雅聲，源遠而派別也。西秦玉田張君著《詞源》上下卷，推五音之數，演六六之譜，按月紀節，賦情詠物，自稱得聲律之學於守齋楊公、南溪徐公。淳祐、景定間，王邸侯館，歌舞升平，君王處樂，不知老之將至（下有缺文）。梨園白髮，濞宮蛾眉，餘情哀思，聽者淚落，君亦因是棄家客遊無方三十年矣。昔柳河東銘姜秘書閔王孫之故態，銘馬淑婦感謳者之新聲，言外之意，異世誰復知者？覽君詞卷，撫几三嘆。江陰陸文奎。

聲音之道久廢，玉田張君獨振戛乎喪亂之餘，豈特藉以怡適性情，殆將以繼其傳也。後之君子得是帙而溯之，則去希微不遠矣。況幾經兵燹，猶自璧全，非天有以寶之，能至此乎？尚德君子幸共表章，庶於好古之懷無憾焉耳。吳門孝思殷重識。

成化丙午春二月朔，偶見是帙鶴城東門藥肆中，即購得之。南村先生手鈔者，蓋百餘年矣，凡三百首，惜無録目。五月初九日輯録，以便檢閲。或笑余衰遲目眩，何不求諸善書者？曰身健在，飽食終日，豈不勝博奕乎，何計字之工拙？使得時時展玩，恍惚坐春風中，聽玉田子慷慨灑落之言笑焉。并録以記，歲月井時年六十有五。

吾識張循王孫玉田先輩，喜其三十年汗漫，南北數千里，一片空狂懷抱，日日化雨爲醉。自仰扳姜堯章、史邦卿、盧蒲江、吳夢窗諸名勝，互相鼓吹春聲於繁華世界，飄飄徵情、節節弄拍，嘲明月以謔樂，賣落花而陪笑，能令後三十年西湖錦綉山水猶生清響，不容半點新愁飛到遊人眉睫之上，自生一種歡喜痛快。豈無柔劣少年於萬花叢中，唤取新鶯稚蝶，群然飛舞，下來爲之賞聽？山外野人所南鄭思肖書於無何有之鄉。

讀《山中白雲詞》，意度超玄、律吕協洽，不特可寫音檀口，亦可被歌管薦清廟。方之古人，當與白石老仙相鼓吹。世謂詞者詩之餘，然詞尤難於詩，詞失腔猶詩落韻，詩不過四五七言而止，詞乃有四聲五音均拍重輕清濁之别，若言順律舛、律協言謬，俱非本色。或一字未合、一句皆廢，一句未妥、一闋皆不光采。信戛戛乎其難。又怪陋邦腐儒、窮鄉村叟，每以詞爲易事，酒邊興豪即引紙揮筆，動以東坡、稼軒、龍洲自況，極其至四字《沁園春》、五字《水調》、七字《鷓鴣天》《步蟾宮》，拊几擊缶，同聲附和，如梵唄、如步虛，不知宮調爲何物，令老伶俊娼，面稱好而背竊笑，是豈足與言詞哉？予幼有此癖，老頗知難，然已有三數曲流傳朋友間。山歌村謡是豈足與叔夏詞比哉？古人有言曰：鉛汞交錬而丹成，情景交錬而詞成。指迷妙訣。吾將從叔夏北面而求之。山村居士仇遠序。

卷一

南浦

春水

波暖緑粼粼，燕飛來、好是蘇堤纔曉。魚没浪痕圓，流紅去、翻笑東風難掃。荒橋斷浦，柳陰撑出扁舟小。回首池塘青欲遍，絶似夢中芳草。和雲流出空山，甚年年净洗，花香不了。新淥乍生時，孤村路、猶憶那回曾到。餘情渺渺。茂林觴咏如今悄。前度劉郎歸去後，溪上碧桃多少。

【詞評】

周密《絶妙好詞》（道光本）：樂笑翁張炎詞如『荒橋斷浦，柳蔭撑出漁舟小』，賦春水入畫。

高陽臺

西湖春感

接葉巢鶯，平波捲絮，斷橋斜日歸船。能幾番遊，看花又是明年。東風且伴薔薇住，到薔薇、春已堪憐。更淒然。萬綠西泠，一抹荒烟。當年燕子知何處，但苔深韋曲，草暗斜川。見説新愁，如今也到鷗邊。無心再續笙歌夢，掩重門、淺醉閑眠。莫開簾，怕見飛花，怕聽啼鵑。

【詞評】

許昂霄《詞綜偶評》：《高陽臺》淡淡寫來，泠泠自轉，此境大不易到。

王國維《人間詞話》：『自憐詩酒瘦，難應接許多春色』，『能幾番遊，看花又是明年』，此等語亦算警句耶！乃值如許筆力。

夏敬觀《映庵詞評》：疊『怕』字但滑。

憶舊遊

大都長春宮，即舊之太極宫也。

看方壺擁翠，太極垂光，積雪初晴。閶闔開黄道，正緑章封事，飛上層青。古臺半壓琪樹，引袖拂寒星。見玉冷閑坡，金明邃宇，人住深清。

幽尋。自來去，對華表千年，天籟無聲。别有長生路，看花開花落，何處無春。露臺深鎖丹氣，隔水唤青禽。尚記得歸時，鶴衣散影都是雲。

【詞評】

陳廷焯《大雅集》卷四：直是仙筆，古艷幽香，别饒感喟。

夏敬觀《映庵詞評》：似夢窗。

凄涼犯

北遊道中寄懷

蕭疏野柳嘶寒馬，蘆花深、還見遊獵。山勢北來，甚時曾到，醉魂飛越。酸風自咽。擁吟鼻、征衣暗裂。正凄迷，天涯羈旅，不似灞橋雪。

誰念而今老，懶賦長楊，倦懷休說。空憐斷梗夢依依，歲華輕別。待擊歌壺，怕如意、和冰凍折。且行行，平沙萬里盡是月。

壺中天

夜渡古黃河與沈堯道曾子敬同賦

揚舲萬里，笑當年底事，中分南北。須信平生無夢到，却向而今遊歷。老柳官河，斜陽古道，風定波猶直。野人驚問，泛槎何處狂客。迎面落葉蕭蕭，水流沙共遠，都無行迹。衰草凄迷秋更緑，惟有閑鷗獨立。浪挾天浮，山邀雲去，銀浦横空碧。扣舷歌斷，海蟾飛上孤白。

聲聲慢

都下與沈堯道同賦

平沙催曉，野水驚寒，遥岑寸碧烟空。萬里冰霜，一夜换却西風。晴梢漸無墜葉，撼秋聲、都是梧桐。情正遠，奈吟湘賦楚，近日偏慵。客裏依然清事，愛窗深帳暖，戲揀香筒。片雲歸程，無奈夢與心同。空教故林怨鶴，掩閑門、明月山中。春又小，甚梅花、猶自未逢。

綺羅香

席間代人賦情

候館深燈，遼天斷羽，近日音書疑絶。轉眼傷心，慵看剩歌殘闋。才忘了、還著思量，待去也、怎禁離別。恨祇恨、桃葉空江，殷勤不似謝紅葉。

良宵誰念哽咽。對熏爐象尺，閑伴凄切。獨立西風，猶憶舊家時節。隨款步、花密藏春，聽私語、柳疏嫌月。今休問，燕約鶯期，夢遊空趁蝶。

慶春宮

都下寒食，遊人甚盛，水邊花外，多麗環集，各以柳圈祓禊而去，亦京洛舊事也。

波蕩蘭觴，鄰分杏酪，晝輝冉冉烘晴。罥索飛仙，戲船移景，薄遊也自忺人。短橋虛市，聽隔柳、誰家賣餳。月題爭繫，油壁相連，笑語逢迎。

池亭小隊秦箏。就地圍香，臨水湔裙。冶態飄雲，醉妝扶玉，未應閑了芳情。旅懷無限，忍不住、低低問春。梨花落盡，一點新愁，曾到西泠。

【詞評】

俞陛雲《唐五代兩宋詞選釋》：詞中蘭觴杏酪，罥索戲船，隔岸餳簫，池亭箏隊，暖風薰處，一片承平歡樂之聲，而觀其結處『新愁曾到』句，知以上所言，皆追懷往事。

國香

沈梅嬌，杭妓也，忽於京都見之。把酒相勞苦，猶能歌周清真《意難忘》《臺城路》二曲，因囑余記其事。詞成，以羅帕書之。

鶯柳烟堤。記未吟青子，曾比紅兒。嫻嬌弄春微透，鬟翠雙垂。不道留仙不住，便無夢、吹到南枝。相看兩流落，掩面凝羞，怕説當時。

淒涼歌楚詞，裊餘音不放，一朵雲飛。丁香枝上，幾度款語深期。拜了花梢淡月，最難忘、弄影牽衣。無端動人處，過了黄昏，猶道休歸。

臺城路

庚寅秋九月，之北，遇江菊坡，一見若驚，相對如夢。回憶舊遊，已十八年矣。因賦此詞。

十年前事翻疑夢，重逢可憐俱老。水國春空，山城歲晚，無語相看一笑。荷衣換了。任京洛塵沙，冷凝風帽。見説吟情，近來不到謝池草。　歡遊曾步翠窈。亂紅迷紫曲，芳意今少。舞扇招香，歌橈喚玉，猶憶錢塘蘇小。無端暗惱。又幾度留連，燕昏鶯曉。回首妝樓，甚時重去好。

【詞評】

吴衡照《蓮子居詞話》卷一：陸輔之《詞旨》摘樂笑翁警句十餘條，閲《山中白雲詞》，警句殆不止此。因爲之補：十年前事堪疑夢，重逢可憐俱老。

陳廷焯《大雅集》卷四：起句魂銷。

三姝媚

海雲寺千葉杏二株，奇麗可觀，江南所無。越一日，過傅巖起清晏堂。見古瓶中數枝，云自海雲來，名芙蓉杏。因愛玩不去，巖起索賦此曲。

芙蓉城伴侶。乍卸却單衣，茜羅重護。傍水開時，細看來、渾似阮郎前度。記得小樓，聽一夜、江南春雨。夢醒簫聲，流水青蘋，舊遊何許。

誰翦層芳深貯。便洗盡長安，半面塵土。絶似桃根，帶笑痕來伴，柳枝嬌舞。莫是孤村，試與問、酒家何處。曾醉梢頭雙果，園林未暑。

甘州

辛卯歲，沈堯道同余北歸，各處杭越。逾歲，堯道來問寂寞，語笑數日，又復别去。賦此曲，并寄趙學舟。

記玉關、踏雪事清遊。寒氣脆貂裘。傍枯林古道，長河飲馬，此意悠悠。短夢依然江表，老淚灑西州。一字無題處，落葉都愁。　載取白雲歸去，問誰留楚佩，弄影中洲。折蘆花贈遠，零落一身秋。向尋常野橋流水，待招來、不是舊沙鷗。空懷感，有斜陽處，却怕登樓。

【詞評】

譚獻《復堂詞話》：（記玉關踏雪事清遊）一氣旋折，作壯詞須識此法。白石嘐求稼軒，脱胎者卿，此中消息，願與知音人參之。

聲聲慢

爲高菊墅賦

寒花清事，老圃閑人，相看秋色霏霏。帶葉分根，空翠半濕荷衣。沅湘舊愁未減，有黄金、難鑄相思。但醉裏，把苔箋重譜，不許春知。聊慰幽懷古意，且頻簪短帽，休怨斜暉。采摘無多，一笑竟日忘歸。從教護香徑小，似東山、還似東籬。待去隱，怕如今、不是晋時。

掃花遊

賦高疏寮東墅園

烟霞萬壑，記曲徑幽尋，霽痕初曉。緑窗窈窕。看隨花甃石，就泉通沼。幾日不來，一片蒼雲未掃。自長嘯。悵喬木荒凉，都是殘照。碧天秋浩渺。聽虚籟泠泠，飛下孤峭。山空翠老。步仙風，怕有采芝人到。野色閑門，芳草不除更好。境深悄。比斜川，又清多少。

瑣窗寒

王碧山又號中仙，越人也。能文工詞，琢語峭拔，有白石意度，今絶響矣。余悼之玉笥山，所謂長歌之哀，過於痛哭。

斷碧分山，空簾剩月，故人天外。香留酒殢。蝴蝶一生花裏。想如今、醉魂未醒，夜臺夢語秋聲碎。自中仙去後，詞箋賦筆，便無清致。都是。淒涼意。悵玉笥埋雲，錦袍歸水，形容憔悴。料應也、孤吟山鬼。那知人、彈折素弦，黄金鑄出相思淚。但柳枝、門掩枯陰，候蛩愁暗葦。

【詞評】

俞陛雲《唐五代兩宋詞選釋》：玉田與碧山，在浙中詞苑齊名，交誼至篤，故詞極沉痛。首句分用『碧山』二字，兼有悼逝意。秋聲碎夢，盼殘魄之歸來；山鬼披蘿，想孤吟之念我。真長歌之悲也。垂老有牙琴之感者，誦此詞，爲之不怡中夜。

木蘭花慢

爲越僧樵隱賦樵山

龜峰深處隱，巖壑静、萬塵空。任一路白雲，山童休掃，却似崆峒。祇恐爛柯人到，怕光陰、不與世間同。旋採生枝帶葉，微煎石鼎團龍。

從容。吟嘯百年翁。行樂少扶筇。向鏡水傳心，柴桑袖手，門掩清風。如何晋人去後，好林泉、都在夕陽中。禪外更無今古，醉歸明月千松。

三姝媚

送舒亦山遊越

蒼潭枯海樹。正雪竇高寒，水聲東去。古意蕭閑，問結廬人遠，白雲誰侶。賀監猶狂，還散迹、千巖風露。抱瑟空遊，都是凄凉，此愁難語。

莫趁江湖鷗鷺。怕太乙爐荒，暗消鉛虎。投老心情，未歸來何事，共成羈旅。布襪青鞵，休誤入、桃源深處。待得重逢却說，巴山夜雨。

掃花遊

台城春飲醉餘偶賦不知詞之所以然

嫩寒禁暖，正草色侵衣，野光如洗。去城數里。繞長堤是柳，釣船深艤。小立斜陽，試數花風第幾。問春意。待留取斷紅，心事難寄。

芳訊成撚指。甚遠客他鄉，老懷如此。醉餘夢裹。尚分明認得，舊時羅綺。可惜空簾，誤却歸來燕子。勝遊地。想依然、斷橋流水。

臺城路

杭友抵越過監曲漁舍會飲

春風不暖垂楊樹，吹却絮雲多少。燕子人家，夕陽巷陌，行入野畦深窈。篝花門草。記小舫尋芳，斷橋初曉。那日心情，幾人同向近來老。

消憂何處最好。夜深頻秉燭，猶是遲了。南浦歌闌，東林社冷，贏得如今懷抱。吟悰暗惱。待醉也慵聽，勸歸啼鳥。怕攬離愁，亂紅休去掃。

【詞評】

陸輔之《詞旨》卷下：樂笑翁奇對：『春風不奈垂楊柳，吹却絮雲多少。』

疏影

余於辛卯歲北歸，與西湖諸友夜酌，因有感於舊遊，寄周草窗。

柳黃未結。放嫩晴消盡，斷橋殘雪。隔水人家，渾是花陰，曾醉好春時節。輕車幾度新堤曉，想如今、燕鶯猶説。縱艷遊、得似當年，早是舊情都別。

重到翻疑夢醒，弄泉試照影，驚見華髮。却笑歸來，石老雲荒，身世飄然一葉。閉門約住青山色，自容與、吟窗清絶。怕夜寒、吹到梅花，休捲半簾明月。

【詞評】

俞陛雲《唐五代兩宋詞選釋》：玉田雖系出朱邸，遭逢不偶，遺行不少概見。於庚寅年自燕趙北歸，辛卯至杭州，襟懷淡泊，將以肥遁終身，可於此詞見之。

渡江雲

山陰久客，一再逢春，回憶西杭，渺然愁思。

山空天入海，倚樓望極，風急暮潮初。一簾鳩外雨，幾處閑田，隔水動春鋤。新烟禁柳，想如今、緑到西湖。猶記得、當年深隱，門掩兩三株。

愁余。荒洲古漵，斷梗疏萍，更漂流何處。空自覺、圍羞帶減，影怯燈孤。常疑即見桃花面，甚近來、翻笑無書。書縱遠，如何夢也都無。

【詞評】

鄧廷楨《雙硯齋詞話》：西泠詞客石帚而外，首數玉田。論者以爲堪與白石老仙相鼓吹，要其登堂拔幟，又自壁壘一新。蓋白石硬語盤空，時露鋒芒；玉田則返虛入渾，不啻嚼蕊吹香。如……《渡江雲》之『空自覺圍修帶減，影怯燈孤。常疑即見桃花面，甚近來翻致無書。書縱遠，如何夢也都無』。

瑣窗寒

旅窗孤寂雨意垂，買舟西渡未能也。賦此爲錢塘故人韓竹閒問。

亂雨敲春，深烟帶晚，水窗慵凭。空簾謾捲，數日更無花影。怕依然、舊時燕歸，定應未識江南冷。最憐他、樹底蔫紅，不語背人吹盡。　清潤。通幽徑。待移燈翦韭，試香温鼎。分明醉裏，過了幾番風信。想竹問、高閣半開，小車未來猶自等。傍新晴、隔柳呼船，待教潮信穩。

憶舊遊

新朋故侶，詩酒遲留，吴山蒼蒼渺渺兮，余懷也。寄沈堯道諸公。

記開簾過酒，隔水懸燈，款語梅邊。未了清遊興，又飄然獨去，何處山川。淡風暗收榆莢，吹下沈郎錢。嘆客裏光陰，消磨艷冶，都在尊前。

留連。殢人處，是鏡曲窺鶯，蘭阜圍泉。醉拂珊瑚樹，寫百年幽恨，分付吟箋。故鄉幾回飛夢，江雨夜凉船。縱忘却歸期，千山未必無杜鵑。

【詞評】

俞陛雲《唐五代兩宋詞選釋》：原題云：『新朋舊侣，醉酒遲留。』未言所贈何人，蓋懷友兼懷鄉而作。『淡風榆錢』句寫春盡，語頗清新。『客裏光陰』三句包含多少情懷，頗似《片玉詞》。下闋『故園』二句有遠韻。結句意謂耕山釣水，未必無箕潁其人，故取喻杜鵑，而自談遲留也。

水龍吟

白蓮

仙人掌上芙蓉，涓涓猶濕金盤露。輕妝照水，纖裳玉立，飄飄似舞。幾度消凝，滿湖烟月，一汀鷗鷺。記小舟夜悄，波明香遠，渾不見、花開處。

應是浣紗人妒。褪紅衣、被誰輕誤。閑情淡雅，冶容清潤，憑嬌待語。隔浦相逢，偶然傾蓋，似傳心素。怕湘皋佩解，綠雲十里，捲西風去。

憶舊遊

余離群索居，與趙元父一別四載。癸巳春，於古杭見之，形容憔悴，故態頓消。以余之况味，又有甚於元父者，抑重余之惜。因賦此調，且寄元父，當爲余愀然而悲也。

嘆江潭樹老，杜曲門荒，同賦飄零。乍見翻疑夢，對蕭蕭亂髮，都是愁根。秉燭故人歸後，花月鎖春深。縱草帶堪題，爭如片葉，能寄殷勤。　重尋。已無處。尚記得依稀，柳下芳鄰。佇立香風外，抱孤愁淒惋，羞燕慚鶯。俯仰十年前事，醉後醒還驚。又曉日千峰，涓涓露濕花氣生。

【詞評】

俞陛雲《唐五代兩宋詞選釋》：玉田與趙元父重遇於杭州，年老途窮，兩人况味相似。上闋歷叙身世同悲，殷勤贈句。下闋尤爲沉鬱。『羞燕慚鶯』句蓋自愧回天無力，空有鶯坐之狂談。醒後曉起，春日照千峰，露濃花發，世間已換一番氣象，誰顧江潭殘客耶！

甘州

題趙藥牖山居

見天地心、怡顏、小柴桑，皆其亭名。

倚危樓、一笛翠屏空，萬里見天心。度野光清峭，晴峰涌日，冷石生雲。簾捲小亭虛院，無地不花陰。徑曲知何處，春水泠泠。

嘯傲柴桑影裏，且怡顏莫問，誰古誰今。任燕留鷗住，聊復慰幽情。愛吾廬、點塵難到，好林泉、都付與閑人。還知否，元來卜隱，不在山深。

摸魚子

高愛山隱居

愛吾廬、傍湖千頃，蒼茫一片清潤。晴嵐暖翠融融處，花影倒窺天鏡。沙浦迴。看野水涵波，隔柳橫孤艇。眠鷗未醒。甚占得蓴鄉，都無人見，斜照起春暝。還重省。豈料山中秦晉。桃源今度難認。林間即是長生路，一笑元非捷徑。深更靜。待散髮吹簫，跨鶴天風冷。憑高露飲。正碧落塵空，光搖半壁，月在萬松頂。

風入松

賦稼村

老來學圃樂年華。茅屋短籬遮。兒孫戲逐田翁去，小橋橫、路轉三叉。細雨一犂春意，西風萬寶生涯。攜笻猶記度晴沙。流水帶寒鴉。門前少得寬閑地，繞平疇、盡是桑麻。却笑牧童遥指，杏花深處人家。

鳳凰臺上憶吹簫

趙主簿，姚江人也。風流藴藉，放情花柳，老之將至，況味凄然。以其號孤篷，囑余賦之。

水國浮家，漁村古隱，浪遊慣占花深。猶記得、琵琶半面，曾濕衫青。不道江空歲晚，桃葉渡、還嘆飄零。因乘興，醉夢醒時，却是山陰。

投閑倦呼儔侶，竟棹入蘆花，俗客難尋。風渺渺、雲拖暮雪，獨釣寒清。遠溯流光萬里，渾錯認、片竹寰瀛。元來是、天上太乙真人。

解連環　孤雁

楚江空晚。悵離群萬里，怳然驚散。自顧影、欲下寒塘，正沙净草枯，水平天遠。寫不成書，祇寄得、相思一點。料因循誤了，殘氈擁雪，故人心眼。　誰憐旅愁荏苒。謾長門夜悄，錦箏彈怨。想伴侶、猶宿蘆花，也曾念春前，去程應轉。暮雨相呼，怕驀地、玉關重見。未羞他、雙燕歸來，畫簾半捲。

【詞評】

孔齊《至正直記》：前堂張叔夏，嘗賦孤雁詞，有「寫不成書，祇寄得、相思一點」，人皆稱曰「張孤雁」。

陳匪石《宋詞舉》：此爲咏物之作。南宋人最講寄托，於小中見大，如《樂府補題》所載者。玉田尤以刻畫新警爲工。首句側入。「悵離群」九字，神來之筆，亦全篇作意。「自顧影」三句，「驚散」後情境，借「顧影」寫「孤」字之神，妙在有情。

滿庭芳

小春

晴皎霜花，曉熔冰羽，開簾覺道寒輕。誤聞啼鳥，生意又園林。閑了凄涼賦筆，便而今、不聽秋聲。消凝處，一枝借暖，終是未多情。　陽和能幾許，尋紅探粉，也恁忺人。笑鄰娃痴小，料理護花鈴。却怕驚回睡蝶，恐和他、草夢都醒。還知否，能消幾日，風雪灞橋深。

憶舊遊

登蓬萊閣

問蓬萊何處，風月依然，萬里江清。休説神仙事，便神仙縱有，即是閑人。笑我幾番醒醉，石磴掃松陰。任狂客難招，採芳難贈，且自微吟。　俯仰成陳迹。嘆百年誰在，闌檻孤憑。海日生殘夜。看卧龍和夢，飛入秋冥。還聽水聲東去，山冷不生雲。正目極空寒，蕭蕭漢柏愁茂陵。

解連環

拜陳西麓墓

句章城郭。問千年往事，幾回歸鶴。嘆貞元、朝士無多，又日冷湖陰，柳邊門鑰。向北來時，無處認、江南花落。縱荷衣未改，病損茂陵，總是離索。

山中故人去却。但碑寒峴首，舊景如昨。悵二喬、空老春深，正歌斷簾空，草暗銅雀。楚魄難招，被萬疊、閑雲迷著。料猶是、聽風聽雨，郎吟夜蛩。

卷二

臺城路

寄姚江太白山陳文卿

薛濤箋上相思字，重開又還重摺。載酒船空，眠波柳老，一縷離痕難折。虛沙動月。嘆千里悲歌，唾壺敲缺。却説巴山，此時懷抱那時節。寒香深處話别。病來渾瘦損，懶賦情切。太白閑雲，新豐舊雨，多少英遊消歇。回潮似咽。送一點秋心，故人天末。江影沈沈，露凉鷗夢闊。

【詞評】

陳廷焯《雲韶集》卷九：《臺城路》（《寄太白山人陳又新》）『虛沙動月』四字精煉。字字感慨，句句閑雅。『闊』字妙。

陳廷焯《大雅集》卷四：疏裏閑雅，其可與白石老仙相鼓吹。『闊』字有精神。

聲聲慢

送琴友季靜軒還杭

荷衣消翠，蕙帶餘香，燈前共語生平。苦竹黄蘆，都是夢裏遊情。西湖幾番夜雨，怕如今、冷却鷗盟。倩寄遠，見故人説道，杜老飄零。難挽清風飛佩。有相思都在，斷柳長汀。此别何如，一笑寫入瑶琴。天空水雲變色，任憎憎、山鬼愁聽。興未已，更何妨、彈到廣陵。

水龍吟

春晚留别故人

亂紅飛已無多，艷遊終是如今少。一番雨過，一番春減，催人漸老。倚檻調鶯，捲簾收燕，故園空杳。奈關愁不住，悠悠萬里，渾恰似、天涯草。不擬相逢古道。才疑夢、又還驚覺。清風在柳，江摇白浪，舟行趁曉。遮莫重來，不如休去，怎堪懷抱。那知又、五柳門荒，曾聽得、鵑啼了。

一萼紅

賦紅梅

倚闌干。問緑華何事，偷餌九還丹。浣錦溪邊，餐霞竹裏，翠袖不倚天寒。照芳樹、晴光泛曉，護幺鳳、無處認冰顏。露洗春腴，風摇醉魄，聽笛江南。　樹挂珊瑚冷月。嘆玉奴妝褪，仙掾詩慳。謾覓花雲，不同梨夢，推篷恍記孤山。步夜雪、前村問酒，幾消凝、把做杏花看。得似古桃流水，不到人間。

祝英臺近

與周草窗話舊

水痕深，花信足，寂寞漢南樹。轉首青陰，芳事頓如許。不知多少消魂，夜來風雨。猶夢到、斷紅流處。　最無據。長年息影空山，愁入庾郎句。玉老田荒，心事已遲暮。幾回聽得啼鵑，不如歸去。終不似、舊時鸚鵡。

月下笛

孤遊萬竹山中，閑門落葉，愁思黯然，因動黍離之感。時寓甬東積翠山舍。

萬里孤雲，清遊漸遠，故人何處。寒窗夢裏，猶記經行舊時路。連昌約略無多柳，第一是、難聽夜雨。謾驚回淒悄，相看燭影，擁衾誰語。

張緒。歸何暮。半零落，依依斷橋鷗鷺。天涯倦旅，此時心事良苦。祇愁重灑西州淚，問杜曲、人家在否。恐翠袖、正天寒，猶倚梅花那樹。

水龍吟

寄袁竹初

幾番問竹平安，雁書不盡相思字。籬根半樹，村深孤艇，闌干屢倚。遠草兼雲，凍河膠雪，此時行李。望去程無數，并州回首，還又渡、桑乾水。　笑我曾遊萬里。甚匆匆、便成歸計。江空歲晚，栖遲猶在，吴頭楚尾。疏柳經寒，斷槎浮月，依然憔悴。待相逢、説與相思，想亦在、相思裏。

綺羅香

紅葉

萬里飛霜，千林落木，寒艷不招春妒。楓冷吴江，獨客又吟愁句。正船艤、流水孤村，似花繞、斜陽歸路。甚荒溝、一片凄凉，載情不去載愁去。　長安誰問倦旅。羞見衰顔借酒，飄零如許。謾倚新妝，不入洛陽花譜。爲回風、起舞尊前，盡化作、斷霞千縷。記陰陰、綠遍江南，夜窗聽暗雨。

洞仙歌

觀王碧山花外詞集有感

野鵑啼月，便角巾還第。輕擲詩瓢付流水。最無端、小院寂歷春空，門自掩，柳髮離離如此。　可惜歡娛地。雨冷雲昏，不見當時譜銀字。舊曲怯重翻，總是離愁，淚痕灑、一簾花碎。夢沈沈、知道不歸來，尚錯問桃根，醉魂醒未。

新雁過妝樓

賦菊

風雨不來，深院悄、清事正滿東籬。杖藜重到，秋氣冉冉吹衣。瘦碧飄蕭搖露梗，膩黃秀、野拂霜枝。憶芳時。翠微喚酒，江雁初飛。　湘潭無人吊楚，嘆落英自採，誰寄相思。淡泊生涯，聊伴老圃斜暉。寒香應遍故里，想鶴怨山空猶未歸。歸何晚，問徑松不語，祇有花知。

江神子

孫虛齋作四雲庵，俾余賦之，□兩雲之間。

奇峰相對接珠庭。乍微晴。又微陰。舍北江東，如蓋自亭亭。翻笑天台連雁蕩，隔一片、不逢君。　此中幽趣許誰鄰。境雙清。人獨清。採藥難尋，童子語山深。絶似醉翁遊樂意，林壑静、聽泉聲。

塞翁吟

友雲

交到無心處，出岫細話幽期。看流水、意俱遲。且淡薄相依。凌霄未肯從龍去，物外共鶴忘機。迷古洞，掩晴暉。翠影濕行衣。　飛飛。垂天翼，飄然萬里，愁日暮、佳人未歸。尚記得、巴山夜雨，耿無語、共説生平，都付陶詩。休題五朵，莫夢陽臺，不贈相思。

祝英臺近

耕雲

占寬閑，鋤浩渺。船艤水村悄。非霧非烟，生氣覆瑶草。蒙茸數畝春陰，夢魂落寞，知踏碎、梨花多少。聽孤嘯。山淺種玉人歸，縹緲度晴峭。鶴下芝田，五色散微照。笑他隔浦誰家，半江疏雨，空吟斷、一犁清曉。

風入松

岫雲

捲舒無意入虛玄。丘壑伴雲烟。石根清氣千年潤，覆孤松、深護啼猿。靄靄静隨仙隱，悠悠閑對僧眠。傍花懶向小溪邊。空谷覆流泉。浮蹤自感今如此，已無心、萬里行天。記得晉人歸去，御風飛過斜川。

瑤臺聚八仙

爲野舟賦

帶雨春潮。人不渡、沙外曉色迢遥。自横深静，誰見隔柳停橈。知我知魚未是樂，轉篷閑趁白鷗招。任風飄。夜來酒醒，何處江皋。

泛宅浮家更好，度菰蒲影裏，濯足吹簫。坐閲千帆，空競萬里波濤。他年五湖訪隱，第一是吴淞第四橋。玄真子、共遊烟水，人月俱高。

疏影

梅影

黄昏片月。似碎陰滿地，還更清絶。枝北枝南，疑有疑無，幾度背燈難折。依稀倩女離魂處，緩步出、前村時節。看夜深、竹外横斜，應妒過雲明滅。　窺鏡蛾眉淡抹。爲容不在貌，獨抱孤潔。莫是花光，描取春痕，不怕麗譙吹徹。還驚海上然犀去，照水底、珊瑚如活。做弄得、酒醒天寒，空對一庭香雪。

【詞評】

周濟《宋四家詞選序論》：玉田才本不高，專恃磨礱雕琢，裝頭作脚，處處妥當。後人翕然宗之。然如《南浦》之賦『春水』，《疏影》之賦『梅影』，逐韻湊成，毫無脉絡，而户誦不已，真耳食也。

陳廷焯《雲韶集》卷九：《疏影》（《梅影》）起筆實寫影字，正妙不假敷佐，何等筆力。處處見筆力。清虚騷雅，竟似白石。

木蘭花慢

書鄧牧心東遊詩卷後

採芳洲薜荔，流水外、白鷗前。度萬壑千巖，晴嵐暖翠，心目娟娟。山川。自今自古，怕依然。認得米家船。明月閑延夜語，落花静擁春眠。

吟邊。象筆鑾箋。清絶處、小留連。正寂寂江潭，樹猶如此，那更啼鵑。居廛。閉門隱几，好林泉，都在卧遊邊。記得當時舊事，誤人却是桃源。

風入松

陳文卿酒邊偶賦

小窗晴碧颭簾波。晝影舞飛梭。惜春休問花多少，柳成陰、春已無多。金字初尋小扇，銖衣早試輕羅。

園林未肯受清和。人醉牡丹坡。嘯歌且盡平生事，問東風、畢竟如何。燕子尋常巷陌，酒邊莫唱西河。

臺城路

遊北山寺

雲多不記山深淺，人行半天巖壑。曠野飛聲，虛空倒影，松挂危峰疑落。流泉噴薄。自窈窕尋源，引瓢孤酌。倦倚高寒，少年遊事老方覺。

幽尋閑院邃閣。樹涼僧坐夏，翻笑行樂。近竹驚秋，穿蘿誤晚，都把塵緣消却。東林似昨。待學取當年，晋人曾約。童子何知，故山空放鶴。

還京樂

送陳行之歸吴

醉吟處。多是琴尊，竟日松下語。有筆床茶竈，瘦筇相引，逢花須住。正翠陰迷路，年光荏苒成孤旅。待趁燕檣，休忘了、玄都前度。漸烟波遠，怕五湖凄冷，佳人袖薄，修竹依依日暮。知他甚處重逢，便匆匆、背潮歸去。莫因循、誤了幽期，應孤舊雨。佇立山風晚，月明摇碎江樹。

【詞評】

《詞譜》卷三十一：此詞與周（邦彦）詞校，前段第九句四字，結句七字，又换頭句不押韻。異。

臺城路

章靜山別業會飲

一窗烟雨不除草。移家靜藏深窈。東晉圖書，南山杞菊，誰識幽居懷抱。疏陰未掃。嘆喬木猶存，易分殘照。慷慨悲歌，故人多向近來老。

相逢何事欠早。愛吟心共苦，此意難表。野水無鷗，閑門斷柳，不滿清風一笑。荷衣製了。待尋壑經丘，溯雲孤嘯。學取淵明，抱琴歸去好。

梅子黄時雨

病後别羅江諸友

流水孤村，愛塵事頓消，來訪深隱。向醉裏誰扶，滿身花影。鷗鷺相看如瘦，近來不是傷春病。嗟流景。竹外野橋，猶繫烟艇。誰引斜川歸興。便啼鵑縱少，無奈時聽。待棹擊空明，魚波千頃。彈到琵琶留不住，最愁人是黄昏近。江風緊。一行柳陰吹暝。

【詞評】

俞陛雲《唐五代兩宋詞選釋》：題云因病中懷歸而作，實則因避世而思歸，即鷗鷺亦知其不爲傷春而病也。醉裏扶花，烟中繫艇，預想還鄉風味，何等蕭閑。而心中則凉絲彈罷，怕近黄昏，憔悴柳枝，豈能耐江風之嚴緊？艱危身世，望衡宇而欣奔，有情不自禁者。處處借景書懷，殊有手揮目送之妙。

西子妝慢

吴夢窗自製此曲，余喜其聲調妍雅，久欲述之而未能。甲午春，寓羅江，與羅景良野遊江上。綠陰芳草，景況離離，因填此解。惜舊譜零落，不能倚聲而歌也。

白浪摇天，青陰漲地，一片野懷幽意。楊花點點是春心，替風前、萬花吹淚。遥岑寸碧。有誰識、朝來清氣。自沈吟、甚流光輕擲，繁華如此。

斜陽外。隱約孤村，隔塢閑門閉。漁舟何似、莫歸來，想桃源、路通人世。危橋静倚。千年事、都消一醉。謾依依，愁落鵑聲萬里。

【詞評】

先著《詞潔》卷四：『楊花點點是春心，替風前、萬花垂淚。』此詞家李長吉嘔心得來。必如是，方謂之造句。嘔心之句，妙在絶不傷氣。此其脱胎於堯章也。其餘諸公便不能。

聲聲慢

賦漁隱

門當竹徑，鷺管苔磯，烟波自有閑人。棹入孤村，落照正滿寒汀。桃花遠迷洞口，想如今、方信無秦。醉夢醒，向滄浪容與，净濯蘭纓。

欸乃一聲歸去，對筆床茶竈，寄傲幽情。雨笠風蓑，古意謾説玄真。知魚淡然自樂，釣清名、空在絲綸。笑未已，笑嚴陵、還笑渭濱。

湘月

余載書往來山陰道中，每以事奪，不能盡興。戊子冬晚，與徐平野、王中仙曳舟溪上。天空水寒，古意蕭颯。中仙有詞雅麗，平野作《晋雪圖》，亦清逸可觀。余述此調，蓋白石《念奴嬌》鬲指聲也。

行行且止。把乾坤收入，篷窗深裏。星散白鷗三四點，數筆横塘秋意。岸觜衝波，籬根受葉，野徑通村市。疏風迎面，濕衣原是空翠。堪嘆敲雪門荒，争棋墅冷，苦竹鳴山鬼。縱使如今猶有晋，無復清遊如此。落日沙黄，遠天雲淡，弄影蘆花外。幾時歸去，翦取一半烟水。

【詞評】

陳廷焯《大雅集》卷四：胸襟高曠，氣象超逸，可與白石把臂入林。

長亭怨

爲任次山賦馴鷺

笑海上、白鷗盟冷。飛過前灘，又顧秋影。似我知魚，亂蒲流水動清飲。歲華空老，猶一縷、柔絲戀頂。慵憶鴛行，想應是、朝回花徑。人静。悵離群日暮，都把野情消盡。山中舊隱。料獨樹、尚懸蒼暝。引殘夢、直上青天，又何處、溪風吹醒。定莫負、歸舟同載，烟波千頃。

徵招

聽袁伯長琴

秋風吹碎江南樹，石床自聽流水。別鶴不歸來，引悲風千里。餘音猶在耳。有誰識、醉翁深意。去國情懷，草枯沙遠，尚鳴山鬼。客裏。可消憂，人間世、寥寥幾年無此。杳老古壇荒，把淒凉空指。心塵聊更洗。傍何處、竹邊松底。共良夜，白月紛紛，領一天清氣。

法曲獻仙音

席上聽琵琶有感

雲隱山暉，樹分溪影，未放妝臺簾捲。篝密籠香，鏡圓窺粉，花深自然寒淺。正人在、銀屏底，琵琶半遮面。

語聲軟。且休彈、玉關愁怨。怕喚起西湖，那時春感。楊柳古灣頭，記小憐、隔水曾見。聽到無聲，謾贏得、情緒難翦。把一襟心事，散入落梅千點。

渡江雲

懷歸

江山居未定，貂裘已敝，空自帶愁歸。亂花流水外，訪里尋鄰，都是可憐時。橋邊燕子，似軟語、斜日江蘺。休問我、如今心事，錯認鏡中誰。

還思。新烟驚換，舊雨難招，做不成春意。渾未省、誰家芳草，猶夢吟詩。一株古柳觀魚港，傍清深、足可幽栖。閑趣好，白鷗尚識天隨。

鬥嬋娟

春感

舊家池沼。尋芳處、從教飛燕頻繞。一灣柳護水房春，看鏡鸞窺曉。暈宿酒、雙蛾淡掃。羅襦飄帶腰圍小。盡醉方歸去，又暗約、明朝鬥草。誰解先到。　心緒亂若晴絲，那回遊處，墜紅争戀殘照。近來心事漸無多，尚被鶯聲惱。便白髮、如今縱少。情懷不似前時好。謾佇立、東風外，愁極還醒，背花一笑。

【詞評】

梁啓勛《詞學》下編：玉田乃落魄王孫，過故園而興感之作，集中數見。此詞全首不敘今日之滿目荒凉，但寫前時之賞心樂事，是後以『愁極酒醒，背花一笑』二語兜轉，倍覺凄凉，此與杜工部『憶昔開元全盛日』至『叔孫禮樂蕭何律』一段，同一章法。

暗香

海濱孤寂，有懷秋江、竹閑二友。

羽音遼邈。怪四檐晝悄，近來無鵲。木葉吹寒，極目凝思倚江閣。不信相如便老，猶未減、當時遊樂。但趁他、鬥草籌花，終是帶離索。

憶昨。更情惡。謾認著梅花，是君還錯。石床冷落。閑掃松陰與誰酌。一自飄零去遠，幾誤了、燈前深約。縱到此、歸未得，幾曾忘卻。

玉漏遲

登無盡上人山樓

竹多塵自掃。幽通徑曲，禪房深窈。空翠吹衣，坐對閑雲舒嘯。寒木猶懸故葉，又過了、一番殘照。經院悄。詩夢正迷，獨憐衰草。幽趣盡屬閑僧，渾未識人間，落花啼鳥。呼酒憑高，莫問四愁三笑。可惜秦山晋水，甚却向、此時登眺。清趣少。那更好遊人老。

長亭怨

歲庚寅，會吴菊泉於燕薊。越八年，再會於甬東。未幾別去，將復之北，遂作此曲。

記横笛、玉關高處。萬里沙寒，雪深無路。破却貂裘，遠遊歸後與誰譜。故人何許。渾忘了、江南舊雨。不擬重逢，應笑我、飄零如羽。同去。釣珊瑚海樹。底事又成行旅。烟篷斷浦。更幾點、戀人飛絮。如今又、京洛尋春，定應被、薇花留住。且莫把孤愁，説與當時歌舞。

【詞評】

《詞譜》卷二十五：此詞前段第七句較姜（夔）詞添一字，第八句較姜詞減一字，前段第六句、後段第二句、第四句皆押韻，較姜詞多三韻。按張別首『跨匹馬，東瀛烟樹』詞，正與此同。

卷三

西河

依緑莊裳荷分净字韻

花最盛。西湖曾泛烟艇。鬧紅深處小秦箏，斷橋夜飲。鴛鴦水宿不知寒，如今翻被驚醒。那時事、都倦省。闌干來此閑憑。是誰分得半機雲，恍疑晝錦。想當飛燕皺裙時，舞盤微墮珠粉。軟波不翦素練净。碧盈盈、移下秋影。醉裏玉書難認。且脱巾露髮，飄然乘興。一葉浮香天風冷。

玲瓏四犯

杭友促歸調此寄意

流水人家，乍過了斜陽，一片蒼樹。怕聽秋聲，却是舊愁來處。因甚尚客殊鄉，自笑我、被誰留住。問種桃、莫是前度。不擬桃花輕誤。少年未識相思苦。最難禁、此時情緒。行雲暗與風流散，方信別淚如雨。何況夜鶴帳空，怎奈向、如今歸去。更可憐，閑裏白了頭，還知否。

淒涼犯

過鄰家見故園有感

西風暗翦荷衣碎，柔絲不解重緝。荒烟斷浦，晴暉歷亂，半江摇碧。悠悠望極。忍獨聽、秋聲漸急。更憐他、蕭條柳髮，相與動秋色。老態今如此，猶自留連，醉筇遊屐。不堪瘦影，渺天涯、盡成行客。因甚忘歸，謾吹裂、山陽夜笛。夢三十六陂流水去未得。

聲聲慢

別四明諸友歸杭

山風古道，海國輕車，相逢衹在東瀛。淡薄秋光，恰似此日遊情。休嗟鬢絲斷雪，喜閑身、重渡西泠。又溯遠，趁回潮拍岸，斷浦揚舲。　莫向長亭折柳，正紛紛落葉，同是飄零。舊隱新招，知住第幾層雲。疏籬尚存晉菊，想依然、認得淵明。待去也，最愁人、猶戀故人。

燭影摇紅

西浙冬春間，遊事之盛，惟杭爲然。余冉冉老矣，始復歸杭。與二三友行歌雲舞綉中，亦清時之可樂，以詞寫之。

舟艤鷗波，訪鄰尋里愁都散。老來猶似柳風流，先露看花眼。閑把花枝試揀。笑盈盈，和香待翦。也應回首，紫曲門荒，當年遊慣。簫鼓黄昏，動人心處情無限。錦街不甚月明多，早已驕塵滿。纔過風柔夜暖。漸迤邐、芳程遞趲。向西湖去，那裏人家，依然鶯燕。

憶舊遊

過故園有感

記凝妝倚扇，笑眼窺簾，曾款芳尊。步屧交枝徑，引生香不斷，流水中分。忘了牡丹名字，和露撥花根。甚杜牧重來，買栽無地，都是消魂。

空存。斷腸草，伴幾摺眉痕，幾點啼痕。鏡裏芙蓉老，問如今何處，綰綠梳雲。怕有舊時歸燕，猶自識黄昏。待說與羈愁，遥知路隔楊柳門。

【詞評】

俞陛雲《唐五代兩宋詞選釋》：張循王故宅在臨安，擅池臺花木之勝。玉田在鄰家，遥望故園，回思當日牡丹亭畔，歌筵盛况，舊主重來，望廬思人，不盡家國滄桑之感。燕歸已近黄昏，猶人歸已經易世，而垂楊路隔，等燕子之無家，宜其長言咏嘆也。

春從天上來

己亥春，復回西湖，飲靜傳董高士樓，作此解，以寫我憂。

海上回槎。認舊時鷗鷺，猶戀蒹葭。影散香消，水流雲在，疏樹十里寒沙。難問錢塘蘇小，都不見、擘竹分茶。更堪嗟。似荻花江上，誰弄琵琶。　烟霞。自延晚照，盡換了西林，窈窕紋紗。蝴蝶飛來，不知是夢，猶疑春在鄰家。一掬幽懷難寫，春何處、春已天涯。減繁華。是山中杜宇，不是楊花。

【詞評】

陳廷焯《大雅集》卷四：後半極沉鬱。讀玉田詞者，貴取其沉鬱處。徒賞其一字一句之工，遂驚嘆欲絕，轉失玉田矣。

甘州

賦衆芳所在

看涓涓、兩水自東西，中有百花莊。步交枝徑裏，簾分晝影，窗聚春香。依約誰教鸚鵡，列屋帶垂楊。方喜閑居好，翻爲詩忙。

多少周情柳思，向一丘一壑，留戀年光。又何心逐鹿，蕉夢正錢塘。且休將、扇塵輕障，萬山深、不是舊河陽。無人識，牡丹開處，重見韓湘。

慶清朝

韓亦顏歸隱兩水之濱，殆未遜王右丞茱萸沜。余從之遊，盤花旋竹，散懷吟眺，一任所適。太白去後，三百年無此樂也。

淺草猶霜，融泥未燕，晴梢潤葉初乾。閑扶短策，鄰家小聚清歡。錯認籬根是雪，梅花過了一番寒。風還峭，較遲芳信，恰是春殘。此境此時此意，待移琴獨去，石冷慵彈。飄飄爽氣，飛鳥相與俱還。醉裏不知何處，好詩盡在夕陽山。山深杳，更無人到，流水花間。

【詞評】

俞陛雲《唐五代兩宋詞選釋》：此詞以上下闋之後段爲精，落梅誤雪及『春殘』句，見詞心之清妙。結處『夕陽山』七字，可稱名句。『山深杳』三句，極超脱。惟第二句『燕』字，似覺未穩。

真珠簾　梨花

绿房幾夜迎清曉，光摇動、素月溶溶如水。惆悵一株寒，記東闌閑倚。近日花邊無舊雨，便寂寞、何曾吹淚。燭外。謾羞得紅妝，而今猶睡。　琪樹皎立風前，萬塵空、獨挹飄然清氣。雅淡不成嬌，擁玲瓏春意。落寞雲深詩夢淺，但一似、唐昌宫裏。元是。是分明錯認，當時玉蕊。

探春慢　雪霽

銀浦流雲，绿房迎曉，一抹墻腰月淡。暖玉生烟，懸冰解凍，碎滴瑶階如霰。纔放些晴意，早瘦了、梅花一半。也知不做花看，東風何事吹散。　摇落似成秋苑。甚釀得春來，怕教春見。野渡舟回，前村門掩，應是不勝清怨。次第尋芳去，灞橋外、蕙香波暖。猶妒檐聲，看燈人在深院。

風入松

春遊

一春不是不尋春。終是不忺人。好懷漸向中年減，對歌鐘、渾没心情。短帽怕粘飛絮，輕衫厭撲遊塵。暖香十里軟鶯聲。小舫綠楊陰。夢隨蝴蝶飄零後，尚依依、花月關心。惆悵一株梨雪，明年甚處清明。

渡江雲

次趙元父韻

錦香繚繞地，深燈挂壁，簾影浪花斜。酒船歸去後，轉首河橋，那處認紋紗。重盟鏡約，還記得、前度秦嘉。惟祗有、葉題堪寄，流不到天涯。

驚嗟。十年心事，幾曲闌干，想蕭娘聲價。閑過了、黄昏時候，疏柳啼鴉。浦潮夜涌平沙白，問斷鴻、知落誰家。書又遠，空江片月蘆花。

探芳信

西湖春感寄草窗

坐清晝。正治思縈花，餘醒倦酒。甚採芳人老，芳心尚如舊。消魂忍説銅駝事，不是因春瘦。向西園，竹掃頹垣，蔓蘿荒甃。

風雨夜來驟。嘆歌冷鶯簾，恨凝蛾岫。愁到今年，多似去年否。舊情懶聽山陽笛，目極空搔首。我何堪，老却江潭漢柳。

聲聲慢

題吴夢窗遺筆

烟堤小舫，雨屋深燈，春衫慣染京塵。舞柳歌桃，心事暗惱東鄰。渾疑夜窗夢蝶，到如今、猶宿花陰。待喚起，甚江蘺摇落，化作秋聲。

回首曲終人遠，黯消魂、忍看朵朵芳雲。潤墨空題，惆悵醉魄難醒。獨憐水樓賦筆，有斜陽、還怕登臨。愁未了，聽殘鶯、啼過柳陰。

徵招

答仇山村見寄

可憐張緒門前柳，相看頓非年少。三徑已荒涼，更如今懷抱。薄遊渾是感，滿烟水、東風殘照。古調誰彈，古音誰賞，歲華空老。京洛染緇塵，悠然意，獨對南山一笑。衹在此山中，甚相逢不早。瘦吟心共苦，知幾度、翦燈窗小。何時更、聽雨巴山，賦草池春曉。

甘州

錢草窗歸霅

記天風、飛佩紫霞邊，顧曲萬花深。甚相如情倦，少陵愁老，還嘆飄零。短夢恍然今昔，故國十年心。回首三三徑，松竹成陰。不恨片篷南浦，恨翦燈聽雨，誰伴孤吟。料瘦筇歸後，閑鎖北山雲。是幾番、柳邊行色，是幾番、同醉古園林。烟波遠，筆床茶竈，何處逢君。

一萼紅

弁陽翁新居堂名志雅，詞名《蘋洲漁笛譜》。

製荷衣。傍山窗卜隱，雅志可閑時。款竹門深，移花檻小，動人芳意菲菲。怕冷落、蘋洲夜月，想時將、漁笛靜中吹。塵外柴桑，燈前兒女，笑語忘歸。

分得烟霞數畝，乍掃苔尋徑，撥葉通池。放鶴幽情，吟鶯歡事，老去却願春遲。愛吾廬、琴書自樂，好襟懷、初不要人知。長日一簾芳草，一卷新詩。

高陽臺

慶樂園即韓平原南園。戊寅歲過之，僅存丹桂百餘株，有碑記在荆榛中，故未有亦猶今之視昔之感，復嘆葛嶺賈相之故廬也。

古木迷鴉，虚堂起燕，歡遊轉眼驚心。南圃東窗，酸風掃盡芳塵。鬢貂飛入平原草，最可憐、渾是秋陰。夜沈沈。不信歸魂，不到花深。吹簫踏葉幽尋去，任船依斷石，袖裹寒雲。老桂懸香，珊瑚碎擊無聲。故園已是愁如許，撫殘碑、却又傷今。更關情。秋水人家，斜照西泠。

【詞評】

《復齋漫録》（《詞林紀事》卷十六引）：余嘗續張叔夏《高陽臺》詞，不覺爲之再三增嘆。夫花石之盛，莫盛於唐之李贊皇，讀《平泉莊記》，則見之矣。宋之艮岳，即南渡愈盛。而臨安園囿如此者，不可屈指數也。今誰在耶！予爲童子時，見所謂慶樂園，其峰磴石洞，猶有存者。至正德間，盡爲有力者移去矣。

臺城路

送周方山遊吳

朗吟未了西湖酒，驚心又歌南浦。折柳官橋，呼船野渡，還聽垂虹風雨。漂流最苦。况如此江山，此時情緒。怕有鴟夷，笑人何事載詩去。荒臺祇今在否。登臨休望遠，都是愁處。暗草埋沙，明波洗月，誰念天涯羈旅。荷陰未暑。快料理歸程，再盟鷗鷺。祇恐空山，近來無杜宇。

桂枝香

送賓月葉公東歸

晴江迴闊。又客裏天涯，還嘆輕別。萬里潮生一棹，柳絲猶結。荷衣好向山中補，共飄零、幾年霜雪。賦歸何晚，依依徑菊，弄香時節。料此去、清遊未歇。引一片秋聲，都付吟篋。落葉長安，古意對人休説。相思祇在相留處，有孤芳、可憐空折。舊懷難寫，山陽怨笛，夜凉吹月。

慶春宮　金粟洞天

蟾窟研霜，蜂房點蠟，一枝曾伴涼宵。清氣初生，丹心未折，濃艷到此都消。避風歸去，貯金屋、妝成漢嬌。粟肌微潤，和露吹香，直與秋高。　小山舊隱重招。記得相逢，古道迢遙。把酒長歌，插花短舞，誰在水國吹簫。餘音何處，看萬里、星河動搖。廣庭人散，月淡天心，鶴下銀橋。

長亭怨　舊居有感

望花外、小橋流水，門巷愔愔，玉簫聲絶。鶴去臺空，佩環何處弄明月。十年前事，愁千折、心情頓別。露粉風香誰爲主，都成消歇。　凄咽。曉窗分袂處，同把帶鴛親結。江空歲晚，便忘了、尊前曾説。恨西風、不庇寒蟬，便掃盡、一林殘葉。謝楊柳多情，還有緑陰時節。

甘州

寄李筠房

望涓涓、一水隱芙蓉，幾被暮雲遮。正憑高送目，西風斷雁，殘月平沙。
未覺丹楓盡老，摇落已堪嗟。無避秋聲處，愁滿天涯。　一自盟鷗
別後，甚酒瓢詩錦，輕誤年華。料荷衣初暖，不忍負烟霞。記前度、翦
燈一笑，再相逢、知在那人家。空山遠，白雲休贈，祇贈梅花。

又

趙文升索賦散樂妓桂卿

隔花窺半面，帶天香、吹動一天秋。嘆行雲流水，寒枝夜鵲，楊柳灣頭。
浪打石城風急，難繫莫愁舟。未了笙歌夢，倚棹西州。　重省尋春
樂事，奈如今老去，鬢改花羞。指斜陽巷陌，都是舊曾遊。憑寄與、採
芳儔侶，且不須、容易説風流。争得似、桃根桃葉，明月妝樓。

疏影

題賓月圖

雪空四野，照歸心萬里，千峰獨立。身與天遊，一洗襟懷，海鏡倒涌秋白。相逢懶問盈虧事，但脉脉、此情無極。是幾番、飛蓋追隨，桂底露衣香濕。　閑款樓臺夜色。料水光未許，人世先得。影裏分明，認得山河，一笑亂山横碧。乾坤許大須容我，渾忘了、醉鄉猶客。待倩誰、招下清風，共結歲寒三益。

湘月　賦雲溪

隨風萬里。已無心出岫，浮遊天地。爲問山中何所有，此意不堪持寄。淡薄相依，行藏自適，一片松陰外。石根蒼潤，飄飄元是清氣。　長伴暗谷泉生，晴光瀲灩，濕影搖花碎。濁濁波濤江漢裏，忽見清流如此。枝上瓢空，鷗前沙净，欲洗幽人耳。白蘋洲上，浩歌一棹春水。

真珠簾　近雅軒即事

雲深別有深庭宇。小簾櫳、占取芳菲多處。花暗水房春，潤幾番酥雨。見説蘇堤晴未穩，便懶趁、踏青人去。休去。且料理琴書，夷猶今古。　誰見静裏閑心，縱荷衣未葺，雪巢堪賦。醉醒一乾坤，任此情何許。茂樹石床同坐久，又却被、清風留住。欲住。奈簾影妝樓，翦燈人語。

大聖樂

華春堂分韻同趙學舟賦

隱市山林，傍家池館，頓成佳趣。是幾番、臨水看雲，就樹攬香，詩滿闌干橫處。翠徑小車行花影，聽一片、春聲人笑語。深庭宇。對清晝漸長，閑教鸚鵡。　芳情緩尋細數。愛碧草平烟紅自雨。任燕來鶯去，香凝翠暖，歌酒清時鐘鼓。二十四簾冰壺裏，有誰在、簫臺猶醉舞。吹笙侶。倚高寒、半天風露。

【詞評】

《詞律拾遺》卷六：『詩滿』至『庭宇』與後『歌酒』至『笙侶』同此調，比萬氏所收草窗一百八字體，後第五句多二字，前後三字俱叶，較爲整齊。前第七句亦七字，正與『冷落錦衾人歸後』同。可證萬氏訂正之精。其用去聲，除『有』字外，俱與草窗吻合，可見詞非易作也。

瑞鶴仙

趙文升席上代去姬寫懷

楚雲分斷雨。問那回、因甚琴心先許。匆匆話離緒。正花房蜂鬧，著春無處。殘歌剩舞。尚隱約、當時院宇。黯消凝、銅雀深深，忍把小喬輕誤。休賦。

玉尊別後，老葉沈溝，暗珠還浦。歡遊再數。能幾日、採芳去。最無端做了、霎時嬌夢，不道風流恁苦。把餘情、付與秋蛩，夜長自語。

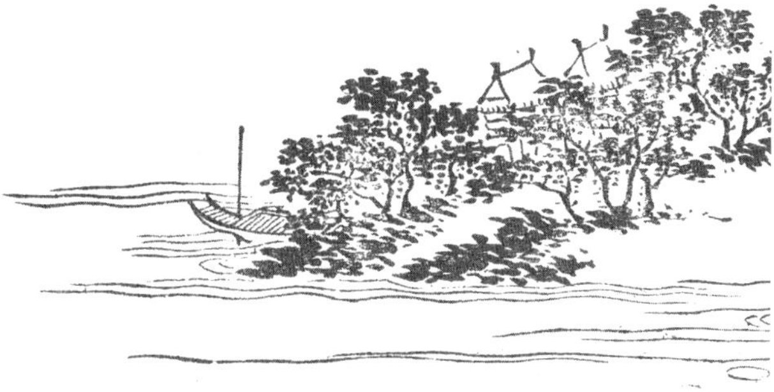

祝英臺近　重過西湖書所見

水西船，山北酒，多爲買春去。事與雲消，飛過舊時雨。謾留一掬相思，待題紅葉，奈紅葉、更無題處。　正延佇。亂花渾不知名，嬌小未成語。短棹輕裝，逢迎段橋路。那知楊柳風流，柳猶如此，更休道、少年張緒。

戀綉衾　代題武桂卿扇

一枝凉玉歛路塵。下瑶臺、疑是夢雲。怕趁取、西風去，被何人、拈住皺裙。　温柔祇在秋波裹，這些兒、真個動心。再同飲、花前酒，莫都忘、今夜夜深。

甘州

趙文叔與余賦別十年餘。余方東遊，文叔北歸，況味俱寥落。更十年觀此曲，又當何如耶。

記當年、紫曲戲分花，簾影最深深。聽惺忪語笑，香尋古字，譜掐新聲。散盡黃金歌舞，那處著春情。夢醒方知夢，夢豈無憑。　幾點別餘清淚，盡化作妝樓，斷雨殘雲。指梢頭舊恨，豆蔻結愁心。都休問、北來南去，但依依、同是可憐人。還飄泊，何時尊酒，却說如今。

【詞評】

俞陛雲《唐五代兩宋詞選釋》：畫簾語笑，處處春情，但皆藉黃金之力，金盡安有春情，乃閱歷之談。明知是夢，而夢實有憑，筆意曲而能達。下闋「別淚」三句，凄清而艷雅。但此爲送友而作，觀「同是可憐人」句，則殘雲斷雨，皆屬寓言。上闋既云春情無著，安有紅巾別淚耶！結句盼尊酒重逢，即唐人巴山話雨之意。

浣溪沙

犀押重簾水院深。柳綿撲帳晝愔愔。夢回孤蝶弄春陰。

乍減楚衣收帶眼，初勻商鼎熨香心。燕歸搖動護花鈴。

菩薩蠻

蕊香不戀琵琶結。舞衣折損藏花蝶。春夢未堪憑。幾時春夢真。

愁把殘更數。淚落燈前雨。歌酒可曾忺。情懷似去年。

四字令

鶯吟翠屏。簾吹絮雲。東風也怕花瞋。帶飛花趕春。

鄰娃笑迎。嬉遊趁晴。明朝何處相尋。那人家柳陰。

卷四

聲聲慢

己亥歲，自台回杭。雁旅數月，復起遠興。余冉冉老矣，誰能重寫舊遊編否。

穿花省路，傍竹尋鄰，如何故隱都荒。問取堤邊，因甚減却垂楊。消磨縱然未盡，滿烟波、添了斜陽。空嘆息，又翻成無限，杜老凄涼。　一舸清風何處，把秦山晋水，分貯詩囊。髮已飄飄，休問歲晚空江。松陵試招舊隱，怕白鷗、猶識清狂。漸溯遠，望并州、却是故鄉。

【詞評】

陸輔之《詞旨》卷上：樂笑翁奇對：『穿花省路，傍竹尋鄰』。

杏花天

賦疏杏

湘羅幾翦黏新巧。似過雨、胭脂全少。不教枝上春痕鬧。都被海棠分了。帶柳色、愁眉暗惱。謾遙指、孤村自好。深巷明朝休起早。空等賣花人到。

醉落魄

柳侵闌角。畫簾風軟紅香泊。引人蝴蝶翻輕薄。已自關情，和夢近來惡。眉梢輕把閑愁著。如今愁重眉梢弱。雙眉不畫愁消却。不道愁痕，來傍眼邊覺。

甘州

題戚五雲雲山圖

過千巖萬壑古蓬萊，招隱竟忘還。想乾坤清氣，霏霏冉冉，却在闌干。洞户來時不鎖，歸水映花關。祇可自怡悦，持寄應難。狂客如今何處，甚酒船去後，烟水空寒。正黄塵没馬，林下一身閑。幾消凝、此圖誰畫，細看來、元不是終南。無心好、休教出岫，祇在深山。

小重山

賦雲屋

清氣飛來望似空。數椽何用草，膝堪容。捲將一片當簾櫳。難持贈，祇在此山中。　魚影倦隨風。無心成雨意，又西東。都緣窗户自玲瓏。江楓外，不隔夜深鐘。

聲聲慢

西湖

晴光轉樹，曉氣分嵐，何人野渡橫舟。斷柳枯蟬，涼意正滿西州。匆匆載花載酒，便無情、也自風流。芳晝短，奈不堪深夜，秉燭來遊。　誰識山中朝暮，向白雲一笑，今古無愁。散髮吟商，此興萬里悠悠。清狂未應似我，倚高寒、隔水呼鷗。須待月，許多清、都付與秋。

木蘭花慢

爲静春賦

幽栖身懶動，邃庭悄、日偏長。甚不隱山林，不喧車馬，不斷生香。澄心淡然止水，笑東風、引得落花忙。慵對魚翻暗藻，閑留鶯管垂楊。徜徉。净几明窗。穿窈窕、染芬芳。看白鶴無聲，蒼雲息影，物外行藏。桃源去塵更遠，問當年、何事識漁郎。争似重門晝掩，自看生意池塘。

玉蝴蝶

賦玉綉球花

留得一團和氣，此花開盡，春已規圓。虚白窗深，恍訝碧落星懸。揚芳叢、低翻雪羽，凝素艷、争簇冰蟬。向西園。幾回錯認，明月秋千。欲覓生香何處，盈盈一水，空對娟娟。待折歸來，倩誰偷解玉連環。試結取、鴛鴦錦帶，好移傍、鸚鵡珠簾。晚階前。落梅無數，因甚啼鵑。

南樓令

壽邵素心席間賦

一片赤城霞。無心戀海涯。遠飛來、喬木人家。且向琴書深處隱，終勝似、聽琵琶。　休近七香車。年華已破瓜。怕依然、劉阮桃花。欲問長生何處好，金鼎内、轉丹砂。

國香

賦蘭

空谷幽人。曳冰簪霧帶，古色生春。結根未同蕭艾，獨抱孤貞。自分生涯淡薄，隱蓬蒿、甘老山林。風烟伴憔悴，冷落吴宫，草暗花深。　霽痕消蕙雪，向崖陰飲露，應是知心。所思何處，愁滿楚水湘雲。肯信遺芳千古，尚依依、澤畔行吟。香痕已成夢，短操誰彈，月冷瑶琴。

探春慢

己亥客闔閭，歲晚江空，暖雨奪雪，篝燈顧影，依依可憐。作此曲，寄戚五雲。書之，幾脫腕也。

列屋烘爐，深門響竹，催殘客裏時序。投老情懷，薄遊滋味，消得幾多淒楚。聽雁聽風雨，更聽過、數聲柔櫓。暗將一點心，試托醉鄉分付。借問西樓在否。休忘了盈盈，端正窺户。鐵馬春冰，柳蛾晴雪，次第滿城簫鼓。閑見誰家月，渾不記、舊遊何處。伴我微吟，恰有梅花一樹。

燭影摇紅

答邵素心

隔水呼舟，採香何處追遊好。一年春事二分花，猶有花多少。容易繁華過了。趁園林、飛紅未掃。舊酲新醉，幾日不來，緑陰芳草。

木蘭花慢

丹谷園

萬花深處隱，安一點、世塵無。步翠麓幽尋，白雲自在，流水縈紆。攜歌緩遊細賞，倩何人、重寫輞川圖。遲日香生草木，淡風聲和琴書。

安居。歌引巾車。童放鶴、我知魚。看静裏閑中，醒來醉後，樂意偏殊。桃源帶春去遠，有園林、如此更何如。回首丹光滿谷，恍然却是蓬壺。

意難忘

中吴車氏，號秀卿，樂部中之翹楚者，歌美成曲，得其音旨。余每聽，輒愛嘆不能已，因賦此以贈。余謂有善歌而無善聽，雖抑揚高下，聲字相宣，傾耳者指不多屈。曾不若春蚓秋蛩，爭聲響於月籬烟砌間，絶無僅有。余深感於斯，爲之賞音，豈亦善聽者耶。

風月吴娃。柳陰中認得，第二香車。春深妝減艷，波轉影流花。鶯語滑，透紋紗。有低唱人誇。怕誤却，周郎醉眼，倚扇佯遮。

底須拍碎紅牙。聽曲終奏雅，可是堪嗟。無人知此意，明月又誰家。塵滾滾，老年華。付情在琵琶。更嘆我，黃蘆苦竹，萬里天涯。

壺中天　養拙園夜飲

瘦筇訪隱，正繁陰閑鎖，一壺幽緑。喬木蒼寒圖畫古，窈窕行人韋曲。鶴響天高，水流花净，笑語通華屋。虛堂松外，夜深涼氣吹燭。

樂事楊柳樓心，瑶臺月下，有生香堪掬。誰理商聲簾外悄，蕭瑟懸璫鳴玉。一笑難逢，四愁休賦，任我雲邊宿。倚蘭歌罷，露螢飛上秋竹。

又　賦秀野園清暉堂

穿幽透密，傍園林宴樂，清時鐘鼓。簾隔波紋分晝影，融得一壺春聚。篆徑通花，花多迷徑，難省來時路。緩尋深静，野雲松下無數。

空翠暗濕荷衣，夷猶舒嘯，日涉成佳趣。香雪因風晴更落，知是山中何樹。響石横琴，懸崖擁檻，待月慵歸去。忽來詩思，水田飛下白鷺。

清波引

横舟。是時以湖湘廉使歸。

江濤如許。更一夜聽風聽雨。短篷容與。盤礴那堪數。弭節澄江樹。不爲蓴鱸歸去。怕教冷落蘆花，誰招得舊鷗鷺。寒汀古溆。盡日無人喚渡。此中清楚。寄情在譚麈。難覓真閑處。肯被水雲留住。冷然棹入川流，去天尺五。

【詞評】

徐立本《詞律拾遺》卷三：前後第五句俱叶。後次句比白石八十四字體少一字，平仄亦稍異。

暗香

送杜景齋歸永嘉

猗蘭聲歇。抱孤琴思遠，幾番彈徹。洗耳無人，寂寂行歌古時月。一笑東風又急。黯消凝、恨聽啼鴂。想少陵、還嘆飄零，遺興在吟篋。　愁絕。更離別。待款語遲留，賦歸心切。故園夢接。花影閑門掩春蝶。重訪山中舊隱，有羈懷、未須輕說。莫相忘，堤上柳、此時共折。

一萼紅

東季博園池在平江文廟前

巘孤篷。正叢篁護碧，流水曲池通。傴僂穿巖，紆盤尋徑，忽見倒影凌空。擁一片、花陰無地，細看來、猶帶古春風。勝事園林，舊家陶謝，詩酒相逢。

眼底烟霞無數，料神仙即我，何處崆峒。清氣分來，生香不斷，洞户自有雲封。認奇字、摩挲峭石，聚萬景、祇在此山中。人倚虛闌喚鶴，月白千峰。

霜葉飛

悼澄江吴立齋。南塘、不礙、雲山，皆其亭名。

故園空杳。霜風勁、南塘吹斷瑶草。已無清氣礙雲山，奈此時懷抱。尚記得、修門賦曉。杜陵花竹歸來早。傍雅亭幽榭，慣款語英遊，好懷無限歡笑。　不見换羽移商，杏梁塵遠，可憐都付殘照。坐中泣下最誰多，嘆賞音人少。悵一夜、梅花頓老。今年因甚無詩到。待唤起、清魂□。説與淒凉，定應愁了。

【詞評】

徐立本《詞律拾遺》卷六：前結十一字兩句上五下六。後結十三字三句，一五兩句少一字，俱與一百一十字吴（文英）詞異。

梁啓勛《詞學》上編：詞有暗韻，即《詞律》所謂藏短韻於句中者是也。如《霜葉飛》起句之第四字是。

憶舊遊

寄友

記瓊筵卜夜，錦檻移春，同惱鶯嬌。暗水流花徑，正無風院落，銀燭遲銷。鬧枝淺壓髻髻，香臉泛紅潮。甚如此遊情，還將樂事，輕趁冰消。　飄零又成夢，但長歌裊裊，柳色迢迢。一葉江心冷，望美人不見，隔浦難招。認得舊時鷗鷺，重過月明橋。溯萬里天風，清聲謾憶何處簫。

木蘭花慢

舟中有懷澄江陸起潛皆山樓昔遊

水痕吹杏雨，正人在、隔江船。看燕集春蕪，漁栖暗竹，濕影浮烟。餘寒尚猶戀柳，怕東風、未肯擘晴綿。愁重遲教醉醒，夢長催得詩圓。　樓前。笑語當年。情款密、思留連。記白月依弦，青天墮酒，衮衮山川。垂髫至今在否，倚飛臺、誰擲買花錢。不是尋春較晚，都緣聽得啼鵑。

瀟瀟雨

泛江有懷袁通父唐月心

空山彈古瑟，掬長流、洗耳復誰聽。倚闌干不語，江潭樹老，風挾波鳴。愁裏不須啼鴂，花落石床平。歲月鷗前夢，耿耿離情。記得相逢竹外，看詞源倒瀉，一雪塵纓。笑匆匆呼酒，飛雨夜舟行。又天涯、零落如此，掩閑門、得似晋人清。相思恨，趁楊花去，錯到長亭。

臺城路

抵吴書寄舊友

分明柳上春風眼，曾看少年人老。雁拂沙黄，天垂海白，野艇誰家昏曉。驚心夢覺。謾慷慨悲歌，賦歸不早。想得相如，此時終是倦遊了。經行歲度怨别，酒痕消未盡，空被花惱。茂苑重來，竹溪深隱，還勝飄零多少。羈懷頓掃。尚識得妝樓，那回蘇小。寄語盟鷗，問春何處好。

木蘭花慢

趙鶴心問余近況書以寄之

目光牛背上，更時把、漢書看。記落葉江城，孤雲海樹，漂泊忘還。懸知偶然是夢，夢醒來、未必是邯鄲。笑指螢燈借暖，愁憐鏡雪驚寒。投閑。寄傲怡顏。要一似、白鷗閑。且旋緝荷衣，琴尊客裏，歲月人間。菟裘漸營瘦竹，任重門、近水隔花關。數畝清風自足，元來不在深山。

瑶臺聚八仙

杭友寄聲以詞答意

秋水涓涓。人正遠、魚雁待拂吟箋。也知遊意，多在第二橋邊。花底鴛鴦深處影，柳陰淡隔裏湖船。路綿綿。夢吹舊笛，如此山川。平生幾兩謝屐，任放歌自得，直上風烟。峭壁誰家，長嘯竟落松前。十年孤劍萬里，又何似、畦分抱瓮泉。山中酒，且醉餐石髓，白眼青天。

摸魚子

寓澄江喜魏叔皋至

想西湖、段橋疏樹。梅花多是風雨。如今見説閑雲散，烟水少逢鷗鷺。歸未許。又款竹誰家，遠思愁□庾。重遊倦旅。縱認得鄉山，長江滚滚，隔浦正延佇。垂楊渡。握手荒城舊侶。不知來自何處。春窗翦韭青燈夜，疑與夢中相語。闌屢拊。甚轉眼流光，短髮真堪數。從教醉舞。試借地看花，揮毫賦雪，孤艇且休去。

壺中天

陸性齋築葫蘆庵，結茅於上，植桃於外，扁曰小蓬壺。

海山縹緲。算人間自有，移來蓬島。一粒粟中生倒景，日月光融丹竈。玉洞分春，雪巢不夜，心寂凝虛照。鶴溪遊處，肯將琴劍同調。

休問挂樹瓢空，窗前清意，贏得不除草。祇恐漁郎曾誤入，翻被桃花一笑。潤色茶經，評量山水，如此閑方好。神仙陸地，長房應未知道。

風入松

題澄江仙刻海山圖。或云桃源圖。《夷堅志》云：七十二女仙，正合霓裳古曲。仇仁近一詩精妙詳盡，余詞不能工也。

危樓古鏡影猶寒。倒景忽相看。桃花不識東西晋，想如今、也夢邯鄲。縹緲神仙海上，飄零圖畫人間。　寶光丹氣共回環。水弱小舟閑。秋風難老三珠樹，尚依依、脆管清彈。說與霓裳莫舞，銀橋不到深山。

數花風

別義興諸友

好遊人老，秋鬢蘆花共色。征衣猶戀去年客。古道依然黃葉。誰家蕭瑟。自笑我、如何是得。　酒樓仍在，流落天涯醉白。孤城寒樹美人隔。烟水此程應遠，須尋梅驛。又漸數、花風第一。

南樓令

風雨怯殊鄉。梧桐又小窗。甚秋聲、今夜偏長。憶著舊時歌舞地，誰得似、牧之狂。　茉莉擁釵梁。雲窩一枕香。醉瞢騰、多少思量。明月半床人睡覺，聽説道、夜深凉。

又

送黄一峰遊靈隱

重整舊漁蓑。江湖風雨多。好襟懷、近日消磨。流水桃花隨處有，終不似、隱烟蘿。　南浦又漁歌。挑雲泛遠波。想孤山、山下經過。見説梅花都老盡，憑爲問、是如何。

淡黄柳

贈蘇氏柳兒

楚腰一捻。羞翦青絲結。力未勝春嬌怯怯。暗托鶯聲細説。愁蹙眉心門雙葉。正情切。柔枝未堪折。應不解、管離别。奈如今、已入東風睫。望斷章臺，馬蹄何處，閑了黄昏淡月。

清平樂

候蛩凄斷。人語西風岸。月落沙平江似練。望盡蘆花無雁。暗教愁損蘭成，可憐夜夜關情。祇有一枝梧葉，不知多少秋聲。

【詞評】許昂霄《詞綜偶評》：《清平樂》(『祇有一枝梧葉』二句)淡語能腴，常語有致，唯玉田爲然。

虞美人

余昔賦柳兒詞，今有杜牧重來之嘆。劉夢得詩云：『春盡絮飛留不住，隨風好去落誰家。』作憶柳曲。

修眉刷翠春痕聚。難翦愁來處。斷絲無力綰韶華。也學落紅流水、到天涯。那回錯認章臺下。却是陽關也。待將新恨趁楊花。不識相思一點、在誰家。

減字木蘭花

寄車秀卿

鎖香亭榭。花艷烘春曾卜夜。空想芳遊。不到秋涼不信愁。酒遲歌緩。月色平分窗一半。誰伴孤吟。手擘黄花碎却心。

踏莎行

柳未三眠，風纔一訊。催人步屧吹笙徑。可曾中酒似當時，如今却是看花病。　老願春遲，愁嫌晝静。秋千院落寒猶剩。捲簾休問海棠開，相傳燕子歸來近。

南鄉子

憶春

歌扇錦連枝。問著東風已不知。怪底樓前多種柳，相思。那葉渾如舊樣眉。　醉裏眼都迷。遮莫東墻帶笑窺。行到尋常遊冶處，慵歸。祇道看花似向時。

蝶戀花

贈楊柔卿

頗愛楊瓊妝淡注。猶理螺鬟，擾擾松雲聚。兩翦秋痕流不去。佯羞却把周郎顧。　欲訴閑愁無説處。幾過鶯簾，聽得閒關語。昨夜月明香暗度。相思忽到梅花樹。

又

陸子方飲客杏花下

仙子鋤雲親手種。春鬧枝頭，消得微霜凍。可是東風吹不動。金鈴懸網珊瑚重。　社燕盟鷗詩酒共。未足遊情，剛把斜陽送。今夜定應歸去夢。青蘋流水簫聲弄。

又 賦艾花

巧結分枝粘翠艾。翦翦香痕，細把泥金界。小簇葵榴芳錦隘。紅妝人見應須愛。　午鏡將拈開鳳蓋。倚醉凝嬌，欲戴還慵戴。約臂猶餘朱索在。梢頭添挂朱符袋。

清平樂 贈處梅

暗香千樹。結屋中間住。明月一方流水護。夢入梨雲深處。　清冰隔斷塵埃。無人踏碎蒼苔。一似逋仙歸後，吟詩不下山來。

卷五

燭影搖紅

隔窗聞歌

閑苑深迷，趁香隨粉都行遍。隔窗花氣暖扶春，祇許鶯鶯占。燭焰晴烘醉臉。想東鄰、偷窺笑眼。欲尋無處，暗掐新聲，銀屏斜掩。

一片雲閑，那知顧曲周郎怨。看花猶自未分明，畢竟何時見。已信仙緣較淺。謾凝思、風簾倒捲。出門一笑，月落江橫，數峰天遠。

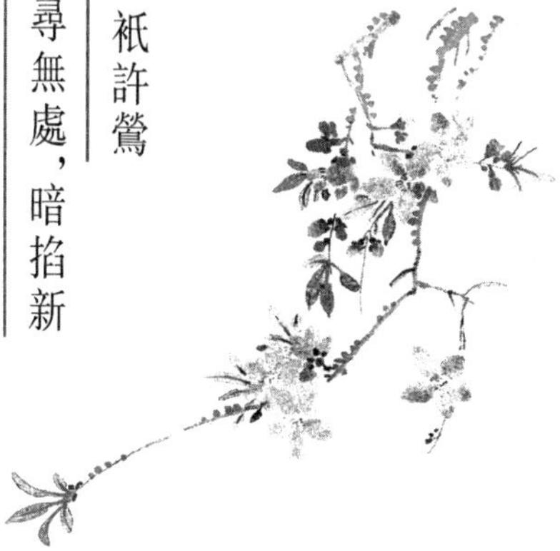

露華

碧桃

亂紅自雨，正翠蹊誤曉，玉洞明春。蛾眉淡掃，背風不語盈盈。莫恨小溪流水，引劉郎、不是飛瓊。羅扇底，從教净冶，遠障歌塵。一掬瑩然生意，伴壓架酴醾，相惱芳吟。玄都觀裏，幾回錯認梨雲。花下可憐仙子，醉東風、猶自吹笙。殘照晚，漁翁正迷武陵。

解語花

吴子雲家姬號愛菊善歌舞忽有朝雲之感作此以寄

行歌趁月，唤酒延秋，多買鶯鶯笑。蕊枝嬌小。渾無奈、一掬醉鄉懷抱。籌花鬥草。幾曾放、好春閑了。芳意闌，可惜香心，一夜酸風掃。海上仙山縹緲。問玉環何事，苦無分曉。舊愁空杳。藍橋路、深掩半庭斜照。餘情暗惱。都緣是、那時年少。鶯夢回、懶説相思，畢竟如今老。

祝英臺近

余老矣賦此爲袁鶴問

及春遊，卜夜飲，人醉萬花醒。轉眼年華，白髮半垂領。與鷗同一清波，風蘋月樹，又何事、浮蹤不定。

静中省。便須門掩柴桑，黃卷伴孤隱。一粟生涯，樂事在瓢飲。愛閑休説山深，有梅花處，更添個、暗香疏影。

瑤臺聚八仙

菊日寓義興，與王覺軒會飲，酒中書送白廷玉。

楚竹閑挑。千日酒、樂意稍稍漁樵。那回輕散，飛夢便覺迢遥。似隔芙蓉無路到，如何共此可憐宵。舊愁消。故人念我，來問寂寥。

登臨試開笑口，看垂垂短髮，破帽休飄。款語微吟，清氣頓掃花妖。明朝柳岸醉醒，又知在、烟波第幾橋。懷人處，任滿身風露，踏月吹簫。

滿江紅

贈韞玉，傳奇惟吴中子弟爲第一。

傅粉何郎，比玉樹、瓊枝謾誇。看生子、東塗西抹，笑語浮華。蝴蝶一生花裏活，似花還却似非花。最可人、嬌艷正芳年，如破瓜。離別恨，生嘆嗟。歡情事，起喧嘩。聽歌喉清潤，片玉無瑕。洗盡人間笙笛耳，賞音多向五侯家。好思量、都在步蓮中，裙翠遮。

【詞評】

夏敬觀《映庵詞評》：『似花』句乃玉田爛調，如是者不止一處。東坡妙句，被玉田抄壞矣。

摸魚子

別處梅

向天涯、水流雲散，依依往事非舊。西湖見説鷗飛去，知有海翁來否。風雨後。甚客裏逢春，尚記花間酒。空嗟皓首。對茂苑殘紅，携歌占地，相趁小垂手。

歸時候。花徑青紅尚有。好遊何事詩瘦。龜蒙未肯尋幽興，曾戀志和漁叟。吟嘯久。愛如此清奇，歲晚忘年友。呼船渡口。嘆西出陽關，故人何處，愁在渭城柳。

南鄉子

爲處梅作

風月似孤山。千樹斜横水一環。天與清香心獨領，怡顔。冰雪中間屋數間。

庭户隔塵寰。自有雲封底用關。却笑桃源深處隱，躋攀。引得漁翁見不難。

南樓令

送韓竹間歸杭，并寫未歸之意。

一見又天涯。人生可嘆嗟。想難忘、江上琵琶。詩酒一瓢風雨外，都莫問，是誰家。　憐我鬢先華。何愁歸路賒。向西湖、重隱烟霞。説與山童休放鶴，最零落，是梅花。

醉落魄

題趙霞谷所藏吴夢窗親書詞卷

鏤花鐫葉。滿枝風露和香擷。引將芳思歸吟篋。夢與魂同，閑了弄香蝶。　小樓簾捲歌聲歇。幽篁獨處泉嗚咽。短箋空在愁難説。霜角寒梅，吹碎半江月。

壺中天

客中寄友

西秦倦旅。是幾年不聽，西湖風雨。我托長鑱垂短髮，心事時看天語。吟篋空隨，征衣休換，薜荔猶堪補。山能招隱，一瓢閑挂烟樹。方嘆舊國人稀，花間忽見，傾蓋渾如故。客裏不須談世事，野老安知今古。海上盟鷗，門深款竹，風月平分取。陶然一醉，此時愁在何處。

聲聲慢

和韓竹閒韻贈歌者關關在兩水居

鬢絲濕霧，扇錦翻桃，尊前乍識歐蘇。賦筆吟箋，光動萬顆驪珠。英英歲華未老，怨歌長、空擊銅壺。細看取，有飄然清氣，自與塵疏。兩水猶存三徑，嘆緑窗窈窕，謾長新蒲。茂苑扁舟，底事夜雨江湖。當年柳枝放却，又不知、樊素何如。向醉裏，暗傳香、還記也無。

清平樂

題處梅家藏所南翁畫蘭

黑雲飛起。夜月啼湘鬼。魂返靈根無二紙。千古不隨流水。　香心淡染清華。似花還似非花。要與閑梅相處，孤山山下人家。

臺城路

餞千壽道應舉

幾年槐市槐花冷，天風又還吹起。故篋重尋，閑書再整，猶記燈窗滋味。渾如夢裹。見説道如今，早催行李。快買扁舟，第一橋邊趁流水。　陽關須是醉酒，柳條休要折，争似攀桂。舊有家聲，榮看世美，方了平生英氣。瓊林宴喜。帶雪絮歸來，滿庭春意。事業方新，大鵬九萬里。

壺中天

詠周靜鏡園池

萬塵自遠，徑松存、仿佛斜川深意。烏石岡邊猶記得，竹裏吟安一字。暗葉禽幽，虛闌荷近，暑薄遲花氣。行行且止，枯瓢枝上閑寄。不恨老却流光，可憐歸未得，翻恨流水。落落嶺頭雲尚在，一笑生涯如此。樹老梅荒，山孤人共，隔浦船歸未。劃然長嘯，海風吹下空翠。

如夢令

處梅列芍藥於几上酌，余不覺醉酒，陶然有感。

隱隱烟痕輕注。拂拂脂香微度。十二小紅樓，人與玉簫何處。歸去。歸去。醉插一枝風露。

祝英臺近

寄陳直卿

路重尋，門半掩、苔老舊時樹。採藥雲深，童子更無語。怪他流水迢迢，湖天日暮，想祇在、蘆花多處。　謾延佇。姓名題上芭蕉，凉夜未風雨。賦了秋聲，還賦斷腸句。幾回獨立長橋，扁舟欲喚，待招取、白鷗歸去。

如夢令

題漁樂圖

不是瀟湘風雨。不是洞庭烟樹。醉倒古乾坤，人在孤篷來處。休去。休去。見説桃源無路。

桂枝香

如心翁置酒桂下，花晚而香益清，坐客不談俗事，惟論文。主人歡甚，余歌美成詞。

琴書半室。向桂邊偶然，一見秋色。老樹香遲，清露綴花疑滴。山翁翻笑如泥醉，笑生平、無此狂逸。晉人遊處，幽情付與，酒尊吟筆。

任蕭散、披襟岸幘。嘆千古猶今，休問何夕。髮短霜濃，却恐浩歌消得。明年野客重來此，探枝頭、幾分消息。望西樓遠，西湖更遠，也尋梅驛。

瑶臺聚八仙

爲焦雲隱賦

春樹江東。吟正遠、清氣竟入崆峒。問余栖處，衹在縹緲山中。此去山中何所有，芰荷製了集芙蓉。且扶笻。倦遊萬里，獨對青松。行藏也須在我，笑晋人爲菊，出岫方濃。淡然無心，古意且許誰同。飛符夜深潤物，自呼起蒼龍雨太空。舒還捲，看滿樓依舊，霽日光風。

又

余昔有《梅影》詞，今重爲模寫。

近水横斜。先得月、玉樹宛若籠紗。散迹苔烟，墨暈净洗鉛華。誤入羅浮身外夢，似花又却似非花。探寒葩。倩人醉裏，扶過溪沙。竹籬幾番倦倚，看乍無乍有，如寄生涯。更好一枝，時到素壁檐牙。香深與春暗却，且休把江頭千樹誇。東家女，試淡妝顛倒，難勝西家。

又 咏鴛鴦菊

老圃堪嗟。深夜雨、紫英猶傲霜華。暖宿籬根，飛去想怯寒沙。採擷浮杯如戲水，晚香淡似夜來些。背風斜。翠苔徑裏，描綉人誇。白頭共開笑口，看試妝滿插，雲鬢雙丫。蝶也休愁，不是舊日疏葩。連枝願爲比翼，問因甚寒城獨自花。悠然意，對九江山色，還醉陶家。

西江月

《絶妙好詞》，乃周草窗所集也。

花氣烘人尚暖，珠光出海猶寒。如今賀老見應難。解道江南腸斷。謾擊銅壺浩嘆，空存錦瑟誰彈。莊生蝴蝶夢春還。簾外一聲鶯唤。

霜葉飛

毗陵客中聞老妓歌

綉屏開了。驚詩夢、嬌鶯啼破春悄。隱將譜字轉清圓，正杳梁聲繞。看帖帖、蛾眉淡掃。不知能聚愁多少。嘆客裏凄凉，尚記得、當年雅音，低唱還好。　同是流落殊鄉，相逢何晚，坐對真被花惱。貞元朝士已無多，但暮烟衰草。未忘得、春風窈窕。却憐張緒如今老。且慰我、留連意，莫説西湖，那時蘇小。

蝶戀花

題末色褚仲良寫真

濟楚衣裳眉目秀。活脱梨園，子弟家聲舊。諢砌隨機開笑口。筵前戲諫從來有。　戛玉敲金裁錦綉。引得傳情，惱得嬌娥瘦。離合悲歡成正偶。明珠一顆盤中走。

甘州

爲小玉梅賦并柬韓竹閒

見梅花、斜倚竹籬邊。休道北枝寒。□□□翠袖，情隨眼盼，愁接眉彎。一串歌珠清潤，綰結玉連環。蘇小無尋處，元在人間。

何事凄涼蚓竅，向尊前一笑，歌倒狂瀾。嘆從來古雅，欲覓賞音難。有如此、和聲軟語，甚韓湘、風雪度藍關。君知否，挽櫻評柳，却是香山。

又

澄江陸起潛皆山樓四景

雲林遠市，君山下枕江流，爲群山冠冕。塔院居乎絶頂，舊有浮遠堂，今廢。

俯長江、不占洞庭波，山拔地形高。對扶疏古木，浮圖倒影，勢壓雄濤。門掩翠微僧院，應有月明敲。物换堂安在，斷碣閑抛。不識廬山真面，是誰將此屋，突兀林坳。上層臺回首，萬境入詩豪。響天心、數聲長嘯，任清風、吹頂髮蕭騷。憑闌久，青琴何處，獨立瓊瑶。

【詞評】

夏敬觀《映庵詞評》：似稼軒。

瑤臺聚八仙

千巖競秀，澄江之山，崒嵂清麗，奔馳相觸，自北而東，由東而南，笑人應接不暇，其秀氣之所鍾歟。

屋上青山。青未了、凌虛試一憑闌。亂峰疊嶂，無限古色蒼寒。正喜雲閑雲又去，片雲未識我心閑。對林巒。底須謝屐，何用躋攀。　三十六梯眺遠，任半空笑語，飛落人間。賦筆吟箋，塵事竟不相關。朝來自然氣爽，更好是、秋屏宜晚看。蓬壺裏，有天開圖畫，休喚邊鸞。

壺中天

月涌大江

西有大江，遠隔淮甸，月白潮生，神爽爲之飛越。

長流萬里。與沈沈滄海，平分一水。孤白争流蟾不没，影落潛蛟驚起。瑩玉懸秋，绿房迎曉，樓觀光疑洗。紫簫聲裊，四檐吹下清氣。　遥睇浪擊空明，古愁休問，消長盈虚理。風入蘆花歌忽斷，知有漁舟閑艤。露已沾衣，鷗猶栖草，一片瀟湘意。人方酣夢，長翁元自如此。

【詞評】

《詞譜》卷二十八：此亦與蘇（軾）《憑空眺遠》詞同。惟前段起句用韻，後段起句藏短韻異。

臺城路

遥岑寸碧

澄江衆山外，無錫惠峰在其南，若地靈涌出，不偏不倚，處樓之正中，蒼翠橫陳，是斯樓之勝境也。

翠屏缺處添奇觀，修眉遠浮孤碧。天影微茫，烟痕黯淡，不與千峰同色。憑高望極。向簾幕中間，冷光流入。料得吟僧，數株松下坐蒼石。

泉源猶是故迹。煮茶曾味古，還記遊歷。調水符閑，登山屐在，却倚闌干斜日。輕陰易□。看飄忽風雲，晦明朝夕。爲我飛來，傍江橫峭壁。

江城子

爲滿春澤賦橫空樓

下臨無地手捫天。上雲烟。俯山川。棲止危巢，不隔道林禪。坐處清高風雨隔，全萬境，一壺懸。我來直欲挾飛仙。海爲田。是何年。如此江聲，嘯咏白鷗前。老樹無根雲懵懂，憑寄語、米家船。

木蘭花慢

遊天師張公洞

風雷開萬象，散天影、入虛壇。看峭壁重雲，奇峰獻玉，光洗琅玕。青苔古痕暗裂，映參差、石乳倒懸山。那得虛無幻境，元來透徹玄關。躋攀。竟日忘還。空翠滴、逼衣寒。想邃宇陰陰，爐存太乙，難覓飛丹。泠然洞靈去遠，甚千年、都不到人間。見説尋真有路，也須容我清閑。

臺城路

爲湖天賦

扁舟忽過蘆花浦。閑情便隨鷗去。水國吹簫，虹橋問月，西子如今何許。危闌謾撫。正獨立蒼茫，半空飛露。倒影虛明，洞庭波映廣寒府。魚龍吹浪自舞。渺然凌萬頃，如聽風雨。夜氣浮山，晴暉蕩日，一色無尋秋處。驚鳬自語。尚記得當時，故人來否。勝景平分，此心遊太古。

月下笛

寄仇山村溧陽

千里行秋，支筇背錦，頓懷清友。殊鄉聚首。愛吟猶自詩瘦。山人不解思猿鶴，笑問我、韋娘在否。記長堤畫舫，花柔春鬧，幾番携手。別後都依舊。但靖節門前，近來無柳。盟鷗尚有。可憐西塞漁叟。斷腸不恨江南老，恨落葉、飄零最久。倦遊處，減羈愁，猶未消磨是酒。

臺城路

遷居

桃花零落玄都觀，劉郎此情誰語。鬢髮蕭疏，襟懷淡薄，空賦天涯羈旅。離情萬縷。第一是難招，舊鷗今雨。錦瑟年華，夢中猶記艷遊處。依依心事最苦。片帆渾是月，獨抱淒楚。屋破容秋，床空對雨，迷却青門瓜圃。初荷未暑。嘆極目烟波，又歌南浦。燕忽歸來，翠簾深幾許。

惜紅衣

贈伎雙波

兩剪秋痕，平分水影，炯然冰潔。未識新愁，眉心倩人貼。無端醉裏，通一笑、柔花盈睫。痴絶。不解送情，倚銀屏斜瞥。長歌短舞，換羽移宫，飄飄步回雪。扶嬌倚扇，欲把艷懷説。□□杜郎重到，祇慮空江桃葉。但數峰猶在，如傍那家風月。

滿江紅

澄江會復初李尹

江上相逢，更秉燭、渾疑夢裏。寂寞久，瑟弦塵斷，爲君重理。紫綬金章都莫問，醉中□送揶揄鬼。看滿頭、白雪欲消難，春風起。雲一片，身千里。漂泊地，東西水。嘆十年不見，我生能幾。慷慨悲歌驚淚落，古人未必皆如此。想今人、愁似古人多，如何是。

壺中天

送趙壽父歸慶元

奚囊謝屐。向芙蓉城下，□□遊歷。江上沙鷗何所似，白髮飄飄行客。曠海乘風，長波垂釣，欲把珊瑚拂。近來楊柳，却憐渾是秋色。日暮空想佳人，楚芳難贈，烟水分明隔。老病孤舟天地裏，惟有歌聲消得。故國荒城，斜陽古道，可奈花狼藉。他時一笑，似曾何處相識。

卷六

紅情

疏影、暗香，姜白石爲梅著語，因易之曰紅情緑意，以荷花荷葉咏之。

無邊香色。記涉江自採，錦機雲密。翦翦紅衣，學舞波心舊曾識。一見依然似語，流水遠、幾回空憶。看□□、倒影窺妝，玉潤露痕濕。閑立。翠屏側。愛向人弄芳，背酣斜日。料應太液。三十六宫土花碧。清興凌風更爽，無數滿汀洲如昔。泛片葉、烟浪裏，卧横紫笛。

【詞評】

張惠言批校《山中白雲詞》：《紅情》，當時故舊蓋有不終隱而出者，此詞譏諷之。

綠意

碧圓自潔。向淺洲遠渚，亭亭清絕。猶有遺簪，不展秋心，能捲幾多炎熱。鴛鴦密語同傾蓋，且莫與、浣紗人説。恐怨歌、忽斷花風，碎却翠雲千疊。　回首當年漢舞，怕飛去謾皺、留仙裙折。戀戀青衫，猶染枯香，還嘆鬢絲飄雪。盤心清露如鉛水，又一夜、西風吹折。喜静看、匹練秋光，倒瀉半湖明月。

虞美人

題陳公明所藏曲册

黄金誰解教歌舞。留得當時譜。斷情殘意落人間。漢上行雲迷却、舊巫山。　妝樓何處尋樊素。空誤周郎顧。一簾秋雨翦燈看。無限羈愁分付、玉簫寒。

踏莎行

盧仝啜茶手卷

清氣崖深，斜陽木末。松風泉水聲相答。光浮椀面啜先春，何須美酒吳姬壓。

頭上烏巾，鬢邊白髮。數間破屋從蕪沒。山中有此玉川人，相思一夜梅花發。

南鄉子

杜陵醉歸手卷

晴野事春遊。老去尋詩苦未休。一似浣花溪上路，清幽。烟草纖纖水自流。

何處偶遲留。猶未忘情是酒籌。童子策驢人已醉，知不。醉裏眉攢萬國愁。

臨江仙

太白挂巾手卷

憶得沈香歌斷後，深宮客夢迢遥。研池殘墨濺花妖。青山人獨自，早不侶漁樵。

石壁蒼寒巾尚挂，松風頂上飄飄。神仙那肯混塵囂。詩魂元在此，空向水中招。

南樓令

雲冷未全開。檐冰雨沍苔。入花根、暖意先回。一夜緑房迎曉白，空憶遍、嶺頭梅。

如幻舊情懷。尋春上吹臺。正泥深、十二香街。且問謝家池畔草，春必定、幾時來。

摸魚子

己酉重登陸起潛皆山樓，正對惠山。

步高寒、下觀浮遠，清暉隔斷風雨。醉魂誤入滁陽路。落莫不知何處。闌屢拊。又却是，秋城自有芙蓉主。重遊倦旅。對萬壑千巖，長江巨浪，空翠灑衣屨。

景如許。都被樓臺占取。晴嵐暖靄朝暮。乾坤靜裏閑居賦。評泊水經茶譜。留勝侶。更底用，林泉曳杖尋桑苧。休休訪古。看排闥青來，書床嘯咏，莫向惠峰去。

【附注】

黄畲《上中白雲詞箋》卷六：『己酉，元武宗鐵木耳至大二年（一三〇九），時作者六十二歲。陸起潛皆山樓，見卷五《甘州》（俯長江）前序。惠山又名慧山，在無錫西，以泉名。唐人陸羽品爲天下第二。』

臺城路

陸義齋壽日，自澄江放舟，清遊吴山水間，散懷吟眺，一任所適所之。既倦，乘月夜歸。太白去後，三百年無此樂耶。

清時樂事中園賦，怡情楚花湘草。秀色通簾，生香聚酒，修景常留池沼。閑居自好。奈車馬喧塵，未教閑了。把菊清遊，冷紅飛下洞庭曉。

尋泉同步翠杳。更將秋共遠，書畫船小。款竹誰家，盟鷗某水，白月光涵圓嶠。天浮浩渺。稱緑髮飄飄，溯風舒嘯。緩築堤沙，渭濱人未老。

華胥引

錢舜舉幅紙畫牡丹、梨花，牡丹名洗妝紅，爲賦一曲，并題二花。

温泉浴罷，酣酒纔蘇，洗妝猶濕。落暮雲深，瑤臺月下逢太白。素衣初染天香，對東風傾國。惆悵東闌，炯然玉樹獨立。祇恐江空，頓忘却、錦袍清逸。柳迷歸院，欲遠花妖未得。誰寫一枝淡雅，傍沈香亭北。説與鶯鶯，怕人錯認秋色。

風入松　聽琴中彈樵歌

松風掩晝隱深清。流水自泠泠。一從柯爛歸來後，愛弦聲、不愛枰聲。頗笑山中散木，翻憐爨下勞薪。透雲遠響正丁丁。孤鳳劃然鳴。疑行嶺上千秋雪，語高寒、相應何人。回首更無尋處，一江風雨潮生。

浪淘沙　秋江

萬里一飛篷。吟老丹楓。潮生潮落海門東。三兩點鷗沙外月，閑意誰同。一色與天通。絶去塵紅。漁歌忽斷荻花風。烟水自流心不競，長笛霜空。

夜飛鵲

大德乙巳中秋，會仇山村於溧陽。酒酣興逸，各隨所賦。余作此詞，爲明月明年佳話云。

林霏散浮暝，河漢空雲，都緣水國秋清。緑房一夜迎向曉，海影飛落寒冰。蓬萊在何處，但危峰縹緲，玉籟無聲。文簫素約，料相逢、依舊花陰。　登眺尚餘佳興，零露下衣襟，欲醉還醒。明月明年此夜，頡頏萬里，同此陰晴。霓裳夢斷，到如今、不許人聽。正婆娑桂底，誰家弄笛，風起潮生。

風入松 爲山村賦

晴嵐暖翠護烟霞。喬木晉人家。幽居祇恐歸圖畫，喚樵青、多種桑麻。門掩推敲古意，泉分冷淡生涯。　無邊風月樂年華。留客可茶瓜。任他車馬雖嫌僻，笑喧喧、流水寒鴉。小隱正宜深靜，休栽湖上梅花。

石州慢 書所見寄子野公明

野色驚秋，隨意散愁，踏碎黃葉。誰家籬院閑花，似語試妝嬌怯。行行步影，未教背寫腰肢，一搦猶立門前雪。依約鏡中春，又無端輕別。　痴絕。漢皋何處，解佩何人，底須情切。空引東鄰，遺恨丁香空結。十年舊夢，謾餘恍惚雲窗，可憐不是當時蝶。深夜醉醒來，好一庭風月。

清平樂

爲伯壽題四花·牡丹

百花開後。一朵疑堆綉。絶色年年常似舊。因甚不隨春瘦。脂痕淡約蜂黄。可憐獨倚新妝。太白醉遊何處，定應忘了沈香。

點絳唇

芍藥

獨殿春光，此花開後無花了。丹青人巧。不許芳心老。密影翻階，曾爲尋詩到。竹西好。採香歌杳。十里紅樓小。

卜算子　黃葵

一名側金盞。

雅淡淺深黃，顧影欹秋雨。碧帶猶皺笋指痕，不解擎芳醑。　休唱古陽關，如把相思鑄。却憶銅盤露已乾，愁在傾心處。

蝶戀花　山茶

花占枝頭忺日焙。金汞初抽，火鼎鉛華退。還似瘢痕塗獺髓。胭脂淡抹微酣醉。　數朵折來春檻外。欲染清香，衹許梅相對。不是臨風珠蓓蕾。山童隔竹休敲碎。

新雁過妝樓

乙巳菊日寓溧陽，聞雁聲，因動脊令之感。

遍插茱萸。人何處、客裏頓懶携壺。雁影涵秋，絶似暮雨相呼。料得曾留堤上月，舊家伴侣有書無。謾嗟吁。數聲怨抑，翻致無書。

誰識飄零萬里，更可憐倦翼，同此江湖。飲啄關心，知是近日何如。陶潛尚存菊徑，且休羨、松風陶隱居。沙汀冷，揀寒枝、不似烟水黄蘆。

【詞評】

俞陛雲《唐五代兩宋詞選釋》：前半平淡之筆，其作意在後半闋，人與雁合寫，語悲而情真。結句用東坡『揀盡寒枝不肯栖，寂寞沙洲冷』詞意。回首鄉山，秦雲萬里，弟兄同感飄零，况聽相呼暮雨聲耶！

洞仙歌

寄茅峰梁中砥

中峰壁立，挂飛來孤劍。蒼雪紛紛墮晴蘚。自當年詩酒，客裏相逢，春尚好，鷗散烟波茂苑。

衹今誰最老，種玉人間，消得梅花共清淺。問我入山期，但恐山深，松風把紅塵吹斷。望蓬萊、知隔幾重雲，料衹隔中間，白雲一片。

風入松

贈蔣道録溪山堂

門前山可久長看。留住白雲難。溪虛却與雲相傍，對白雲、何必深山。爽氣潛生樹石，晴光竞入闌干。

舊家三徑竹千竿。蒼雪拂衣寒。緑蓑青笠玄真子，釣風波、不是真閑。得似壺中日月，依然衹在人間。

小重山

題曉竹圖

淡色分山曉氣浮。疏林猶剩葉，不多秋。林深仿佛昔曾遊。頻喚酒，漁屋岸西頭。　不擬此凝眸。朦朧清影裏，過扁舟。行行應到白蘋洲。烟水冷，傳語舊沙鷗。

浪淘沙

題許由擲瓢手卷

拂袖入山阿。深隱松蘿。掬流洗耳厭塵多。石上一般清意味，不羨漁蓑。　日月静中過。俗□消磨。風瓢分付與清波。却笑唐求因底事，無奈詩何。

憶王孫

謝安棋墅

争棋賭墅意欣然。心似遊絲颺碧天。衹爲當時一著玄。笑苻堅。百萬軍聲屐齒前。

蝶戀花

邵平種瓜

秦地瓜分侯已故。不學淵明，種秫辭歸去。薄有田園還種取。養成碧玉甘如許。卜隱青門真得趣。蕙帳空閑，鶴怨來何暮。莫説蝸名催及戍。長安城下鋤烟雨。

如夢令

淵明行徑

苔徑獨行清晝。瑟瑟松風如舊。出岫本無心，遲種門前楊柳。回首。回首。籬下白衣來否。

醜奴兒

子母猿

山人去後知何處，風月清虛。來往無拘。戲引兒孫樂有餘。 懸崖挂樹如相語，常守枯株。久與人疏。閑了當年一卷書。

浣溪沙

雙笋

空色莊嚴玉版師。老斑遮護錦绷兒。祇愁一夜被風吹。 潤處似沾篔谷雨，斫來如帶渭川泥。從空托出鎮帷犀。

清平樂

平原放馬

轡搖銜鐵。蹴踏平原雪。勇趁軍聲曾汗血。閑過升平時節。　茸茸春草天涯。涓涓野水晴沙。多少驊騮老去，至今猶困鹽車。

木蘭花慢

二分春到柳，青未了，欲婆娑。甚書劍飄零，身猶是客，歲月頻過。西湖故園在否，怕東風、今日落梅多。抱瑟空行古道，盟鷗頓冷清波。　知麽。老子狂歌。心未歇，鬢先皤。嘆敝却貂裘，驅車萬里，風雪關河。燈前恍疑夢醒，好依然、衹著舊漁蓑。流水桃花漸暖，酒船不去如何。

長相思

贈別笑倩

去來心。短長亭。衹隔中間一片雲。不知何處尋。　悶還顰。恨還顰。同是天涯流落人。此情烟水深。

南樓令

有懷西湖且嘆客遊之漂泊

湖上景消磨。飄零有夢過。問堤邊、春事如何。可是而今張緒老，見說道、柳無多。　客裏醉時歌。尋思安樂窩。買扁舟、重緝漁蓑。欲趁桃花流水去，又却怕、有風波。

清平樂　題倦耕圖

一犁初卸。息影斜陽下。角上漢書何不挂。老子近來慵跨。　烟村草樹離離。卧看流水忘歸。莫飲山中清味，怕教洗耳人知。

滿江紅

近日衰遲，但隨分、蝸涎自足。底須共、紅塵争道，頓荒松菊。壯志已荒圯上履，正音恐是溝中木。又安知、幕下有詞人，歸心速。　書尚在，憐魚腹。珠何處，驚魚目。且依然詩思，灞橋人獨。不用回頭看墮甑，不愁抱石疑非玉。忽一聲、長嘯出山來，黄粱熟。

卷七

法曲獻仙音

題姜子野雪溪圖

梅失黃昏，雁驚白晝，脉脉斜飛雲表。絮不生萍，水疑浮玉，此景正宜舒嘯。記夜悄、曾乘興，何必見安道。

繫船好。想前村、未知甚處。吟思苦，誰遊灞橋路杳。清飲一瓢寒，又何妨、分傍茶竈。野屋蕭蕭，任樓中、低唱人笑。漸東風解凍，怕有桃花流到。

浣溪沙

寫墨水仙二紙寄曾心傳并題其上

昨夜藍田採玉遊。向陽瑶草帶花收。如今風雨不須愁。

零露依稀傾鬘落，碎瓊重疊綴搔頭。白雲黃鶴思悠悠。

又

半面妝凝鏡裏春。同心帶舞掌中身。因沾弱水褪精神。　冷艷喜尋梅共笑，枯香羞與佩同紉。湘皋猶有未歸人。

一枝春

爲陸浩齋賦梅南

竹外橫枝，并闌干、試數風纔一信。幺禽對語，仿佛醉眠初醒。遥知是雪，甚都把、暮寒消盡。清更潤。明月飛來，瘦却舊時疏影。　東閣謾撩詩興。料西湖樹老，難認和靖。晴窗自好，勝事每來獨領。融融向暖，笑塵世、萬花猶冷。須釀成、一點春腴，暗香在鼎。

水調歌頭

寄王信父

白髮已如此，歲序更駸駸。化機消息，莊生天籟雍門琴。頗笑論文説劍，休問高車駟馬，衮衮□黄金。蟻在元無夢，水鏡不流心。絶交書，招隱操，惡圓箴。世塵空擾，脱巾挂壁且松陰。誰對紫微閣下，我對白蘋洲畔，朝市與山林。不用一錢買，風月短長吟。

南樓令

送杭友

聚首不多時。烟波又别離。有黄金、應鑄相思。折得梅花先寄我，山正在、裏湖西。風雪脆荷衣。休教鷗鷺知。鬢絲絲、猶混塵泥。何日束書歸舊隱，衹恐怕、種瓜遲。

南鄉子 竹居

愛此碧相依。卜築西園隱逸時。三徑成陰門可款，幽栖。蒼雪紛紛冷不飛。青眼舊心知。瘦節終看歲晚期。人在清風來往處，吟詩。更好梅花著一枝。

朝中措

清明時節雨聲嘩。潮擁渡頭沙。翻被梨花冷看，人生苦戀天涯。燕簾鶯户，雲窗霧閣，酒醒啼鴉。折得一枝楊柳，歸來插向誰家。

采桑子

西園冷罥秋千索，雨透花𩍐。雨過花皺。近覺江南無好春。　杜郎不恨尋芳晚，夢裏行雲。陌上行塵。最是多愁老得人。

阮郎歸

有懷北遊

鈿車驕馬錦相連。香塵逐管弦。瞥然飛過水秋千。清明寒食天。　花貼貼，柳懸懸。鶯房幾醉眠。醉中不信有啼鵑。江南二十年。

浣溪沙

艾蒳香消火未殘。便能晴去不多寒。冶遊天氣却身閑。　帶雨移花渾懶看，應時插柳日須攀。最堪惆悵是東闌。

風入松

閏元宵

向人圓月轉分明。簫鼓又逢迎。風吹不老蛾兒鬧，繞玉梅、猶戀香心。報道依然放夜，何妨款曲行春。　錦燈重見麗繁星。水影動梨雲。今朝準擬花朝醉，奈今宵、別是光陰。簾底聽人笑語，莫教遲了□青。

踏莎行

咏湯

瑶草收香，琪花採汞。冰輪碾處芳塵動。竹爐湯暖火初紅，玉纖調罷歌聲送。　麾去茶經，襲藏酒頌。一杯清味佳賓共。從來採藥得長生，藍橋休被瓊漿弄。

鷓鴣天

樓上誰將玉笛吹。山前水闊暝雲低。勞勞燕子人千里，落落梨花雨一枝。修禊近，賣餳時。故鄉惟有夢相隨。夜來折得江頭柳，不是蘇堤也皺眉。

摸魚子

春雪客中寄白香巖王信父

又孤吟、灞橋深雪，千山絶盡飛鳥。梅花也著東風笑，一夜瘦添多少。春悄悄。正斷夢愁詩，忘却池塘草。前村路杳。看野水流冰，舟閑渡口，何必見安道。慵登眺。脉脉霏霏未了。寒威猶自清峭。終須幾日開晴去，無奈此時懷抱。空暗惱。料酒興歌情，未肯隨人老。惜花起早。拚醉□忘歸，接羅更好，一笑任傾倒。

滿江紅

己酉春日

老子今年，多準備、吟箋賦筆。還自喜、錦囊添富，頓非疇昔。書冊琴棋清隊仗，雲山水竹閑蹤迹。任醉笻、遊屐過平生，千年客。回首夢，東隅失。乘興去，桑榆得。且怡然一笑，探梅消息。大下神仙何處有，神仙祇向人間覓。折梅花、橫挂酒壺歸，白鷗識。

木蘭花慢

元夕後，春意盎然，頗動遊興，呈霅川吟社諸公。

錦街穿戲鼓，聽鐵馬、響春冰。甚舞繡歌雲，歡情未足，早已收燈。從今便須勝賞，步青青、野色一枝藤。落魄花間酒侶，温存竹裏吟朋。休憎。短髮鬅鬙。遊興懶、我何曾。任蹴踏芳塵，尋蕉覆鹿，自笑無能。清狂尚如舊否，倚東風、嘯咏古蘭陵。十里梅花霽雪，水邊樓觀先登。

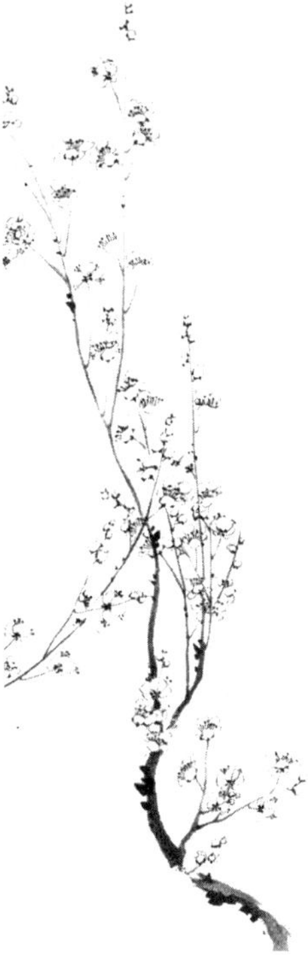

又

用前韻呈王信父

江南無賀老，看萬壑、出清冰。想柳思周情，長歌短咏，密與傳燈。山川潤分秀色，稱醉揮、健筆剡溪藤。一語不談俗事，幾人來結吟朋。

堪憎。我髮鬅鬙。頻賦曲、舊時曾。但春蚓秋蛩，寒籬晚砌，頗嘆非能。何如種瓜種秫，帶一鉏、歸去隱東陵。野嘯天風兩耳，翠微深處孫登。

浪淘沙

寒食不多時。燕燕纔歸。杏花零落水痕肥。淺碧分山初過雨，一霎晴暉。

閑折小桃枝。蝶也相隨。晚妝不合整蛾眉。驀忽思量張敞畫，又被愁知。

臨江仙

懷辰州教授趙學舟

一點白鷗何處去，半江潮落沙虚。淡黄柳上月痕初。遐觀情悄悄，凝想步徐徐。　每一相思千里夢，十年有此相疏。休休寄雁問何如。如何休寄雁，難寫絶交書。

壺中天

繞枝倦鵲，鬢蕭蕭、肯信如今猶客。風雪荷衣寒葉補，一點燈花懸壁。萬里舟車，十年書劍，此意青天識。泛然身世，故家休問清白。　却笑醉倒衰翁，石床飛夢，不入槐安國。祇恐溪山遊未了，莫嘆飄零南北。滚滚江横，嗚嗚歌罷，渺渺情何極。正無聊賴，天風吹下孤笛。

謁金門

晚晴薄。一片杏花零落。縱是東風渾未惡。二分春過却。可怪寒生池閣。下了重重簾幕。忽見舊巢還是錯。燕歸何處著。

清平樂

採芳人杳。頓覺遊情少。客裏看春多草草。總被詩愁分了。去年燕子天涯。今年燕子誰家。三月休聽夜雨，如今不是催花。

【詞評】

俞陛雲《唐五代兩宋詞選釋》：羈泊之懷，托諸燕子；易代之悲，托諸夜雨。深人無淺語也。

漁家傲

病中未及過毗陵

門掩新陰孤館静。楊花却解來相趁。幾日方知因酒病。無憀甚。脱巾挂壁將書枕。是説落紅堆滿徑。不知何處遊人盛。自笑扁舟猶未定。清和近。尋詩已約蘭陵令。

又

辛苦移家聊處静。掃除花徑歌聲趁。也學維摩閑示病。迂疏甚。松風兩耳和衣枕。頗倦扶笻尋捷徑。東墻藹藹紅香盛。少待揺人波自定。蓬壺近。且呼白鶴招韓令。

壺中天

白香巖和東坡韻賦梅

苔根抱古，透陽春、挺挺林間英物。隔水笛聲那得到，斜日空明絕壁。半樹籬邊，一枝竹外，冷艷凌蒼雪。淡然相對，萬花無此清傑。　還念庾嶺幽情，江南聊折，贈行人應發。寂寂西窗閑弄影，深夜寒燈明滅。且浸芳壺，休簪短帽，照見蕭蕭髮。幾時歸去，郎吟湖上香月。

南樓令

題聚仙圖

曾記宴蓬壺。尋思認得無。醉歸來、事已模糊。忽對畫圖如夢寐，又因甚、下清都。　拍手笑相呼。應書縮地符。恐人間、天上同途。隔水一聲何處笛，正月滿、洞庭湖。

清平樂

題墨仙雙清圖

丹丘瑶草。不許秋風掃。記得對花曾被惱。猶似前時春好。湘皋閑立雙清。相看波冷無聲。獨説長生未老，不知老却梅兄。

浪淘沙

余畫墨水仙并題其上

回首欲婆娑。淡掃修蛾。盈盈不語奈情何。應恨梅兄礬弟遠，雲隔山阿。　弱水夜寒多。帶月曾過。羽衣飛過染餘波。白鶴難招歸未得，天闊星河。

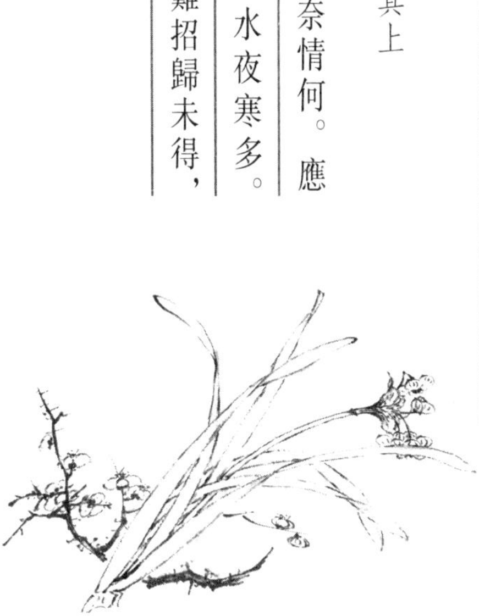

西江月

題墨水仙

縹緲波明洛浦，依稀玉立湘皋。獨將蘭蕙入離騷。不識山中瑶草。　月照英翹楚楚，江空醉魄陶陶。猶疑顔色尚清高。一笑出門春老。

壺中天

懷雪友

異鄉倦旅，問扁舟東下，歸期何日。琴劍空隨身萬里，天地誰非行客。李杜飄零，羊曇悲感，回首俱陳迹。羈懷難寫，豆蟲吟破孤寂。　柳外門掩疏陰，佳人何處，溪上蘋花白。留得一方無用月，隱隱山陽聞笛。舊雨不來，風流雲散，惟有長相憶。雁書休寄，寸心分付梅驛。

甘州

和袁静春入杭韻

聽江湖、夜雨十年燈，孤影尚中洲。對荒凉茂苑，吟情渺渺，心事悠悠。見説寒梅猶在，無處認西樓。招取樓邊月，同載扁舟。　明日琴書何處，正風前墜葉，草外閑鷗。甚消磨不盡，惟有古今愁。總休問、西湖南浦，漸春來、烟水入天流。清遊好，醉招黄鶴，一嘯清秋。

風入松

與王彦常遊會仙亭

愛閑能有幾人來。松下獨徘徊。清虚冷淡神仙事，笑名場、多少塵埃。漱齒石邊危坐，洗心易裏舒懷。　劃然長嘯白雲堆。更待月明□。一瓢春水山中飲，喜無人、踏破蒼苔。開了桃花半樹，此遊不是天台。

又

酌惠山泉

一瓢飲水曲肱眠。此樂不知年。今朝忽上龍峰頂，却元來、有此甘泉。洗却平生塵土，慵遊萬里山川。

照人如鑒止如淵。古竇暗涓涓。當時桑苧今何在，想松風、吹斷茶烟。著我白雲堆裏，安知不是神仙。

浪淘沙

題陳汝朝百鷺畫卷

玉立水雲鄉。爾我相忘。披離寒羽庇風霜。不趁白鷗遊海上，静看魚忙。

應笑我凄涼。客路何長。猶將孤影侶斜陽。花底鵷行無認處，却對秋塘。

祝英臺近

題陸壺天水墨蘭石

帶飄飄，衣楚楚。空谷飲甘露。一轉花風，蕭艾遽如許。細看息影雲根，淡然詩思，曾□被、生香輕誤。此中趣。能消幾筆幽奇，羞掩衆芳譜。薜老苔荒，山鬼竟無語。夢遊忘了江南，故人何處，聽一片、瀟湘夜雨。

臺城路

夏壺隱壁間，李仲賓寫竹石、趙子昂作枯木，娟净峭拔，遠返古雅。余賦詞以述二妙。

老枝無著秋聲處，蕭蕭倦聽風雨。暗飲春腴，欣榮晚節，不載天河人去。心存太古。喜冰雪相看，此君欲語。共倚雲根，歲寒羞并歲寒所。

當年曾見漢館，捲簾頻坐對，飛夢湘楚。嘆我重來，何堪如此，落葉空江無數。盤桓屢撫。似冉冉吹衣，頗疑非霧。素壁高堂，晉人清幾許。

卷八

長亭怨

別陳行之

跨匹馬、東瀛烟樹。轉首十年，旅愁無數。此日重逢，故人猶記舊遊否。雨今雲古。更秉燭、渾疑夢語。衮衮登臺，嘆野老、白頭如許。　歸去。問當初鷗鷺。幾度西湖霜露。漂流最苦。便一似、斷蓬飛絮。情可恨、獨棹扁舟，浩歌向、清風來處。有多少相思，都在一聲南浦。

憶舊遊

寓毗陵有懷澄江舊友

笑銘崖筆倦，訪雪舟寒，覓里尋鄰。半掩閑門草，看長松落蔭，舊榻懸塵。思自憐此來何事，不爲憶鱸蓴。但回首當年，芙蓉城裏，勝友如雲。君。度遥夜，謾疑是梅花，檐下空巡。蝶與周俱夢，折一枝聊寄，古意殊真。渺然望極來雁，傳與異鄉春。尚記得行歌，陽關西出無故人。

踏莎行

郊行值遊女以花擲水，余得之，戲作此解。

花引春來，手擎春住。芳心一點誰分付。微歌微笑驀思量，瞥然抛與東流去。帶潤偷拈，和香密護。歸時自有留連處。不隨烟水不隨風，不教輕把劉郎誤。

浪淘沙

作墨水仙寄張伯雨

香霧濕雲鬟。蕊佩珊珊。酒醒微步晚波寒。金鼎尚存丹已化，雪冷虛壇。

遊冶未知還。鶴怨空山。瀟湘無夢繞叢蘭。碧海茫茫歸不去，却在人間。

西江月

同前

落落奇花未吐，離離瑶草偏幽。蓬山元是不知秋。却笑人間春瘦。

瀟酒寒犀麈尾，玲瓏潤玉搔頭。半窗晴日水痕收。不怕杜鵑啼後。

珍珠令

桃花扇底歌聲杳。愁多少。便覺道花陰閑了。因甚不歸來，甚歸來不早。　滿院飛花休要掃。待留與、薄情知道。怕一似飛花，和春都老。

壺中天

壽月溪

波明晝錦，看芳蓮迎曉，風弄晴碧。喬木千年長潤屋，清蔭圖書琴瑟。龜甲屏開，蝦須簾捲，瑶草秋無色。和熏蘭麝，綵衣歡擁詩伯。　溪上燕往鷗還，筆床茶竈，笻竹隨遊屐。閑似神仙閑最好，未必如今閑得。書染芝香，驛傳梅信，次第來雲北。金尊須滿，月光長照歌席。

摸魚子

爲卞南仲賦月溪

溯空明、霽蟾飛下，湖湘難辨遥樹。流來那得清如許，不與衆流東注。浮凈宇。任消息虛盈，壺内藏今古。停杯問取。甚玉笛移宫，銀橋散影，依舊廣寒府。

休凝佇。鼓枻漁歌在否。滄浪渾是烟雨。黄河路接銀河路。炯炯近天尺五。還自語。奈一寸閑心，不是安愁處。凌風遠舉。趁冰玉光中，排雲萬里，秋艇載詩去。

好事近

贈笑倩

葱蒨滿身雲，酒暈淺融香頰。水調數聲嫻雅，把芳心偷説。　風吹裙帶下階遲，驚散雙蝴蝶。佯捻花枝微笑，溜晴波一瞥。

小重山　烟竹圖

陰過雲根冷不移。古林疏又密，色依依。何須噴飯笑當時。篔簹谷，盈尺小鵝溪。展玩似堪疑。楚山從此去，望中迷。不知何處倚湘妃。空江晚，長笛一聲吹。

蝶戀花　秋鶯

求友林泉深密處。弄舌調簧，如問春何許。燕子先將雛燕去。凄凉可是歌來暮。喬木蕭蕭梧葉雨。不似尋芳，翻落花心露。認取門前楊柳樹。數聲須入新年語。

南樓令

壽月溪

天净雨初晴。秋清人更清。滿吟窗、柳思周情。一片香來松桂下，長聽得、讀書聲。

閑處捲黃庭。年年兩鬢青。佩芳蘭、不繫塵纓。傍取溪邊端正月，對玉兔、話長生。

風入松

溪山堂竹

新篁依約佩初摇。老石潤山腰。逸人未必猶酣酒，正溪頭、風雨瀟瀟。礪齒猶隨市隱，虚心肯受春招。

從教三徑入漁樵。對此覺塵消。娟枝冷葉無多子，伴明窗、書卷詩瓢。清過炎天梅蕊，淡欺雪裏芭蕉。

踏莎行

跋伯時弟撫松寄傲詩集

水落槎枯，田荒玉碎。夜闌秉燭驚相對。故家人物已無傳，一燈却照清江外。　色展天機，光搖海貝。錦囊日月奚童背。重逢何處撫孤松，共吟風月西湖醉。

聲聲慢

中吴感舊

因風整帽，借柳維舟，休登故苑荒臺。去歲何年，遊處半入蒼苔。白鷗舊盟未冷，但寒沙、空與愁堆。謾嘆息，問西門灑淚，不忍徘徊。　眼底江山猶在，把冰弦彈斷，苦憶顏回。一點歸心，分付布襪青鞋。相尋已期到老，那知人、如此情懷。悵望久，海棠開、依舊燕來。

又 重過垂虹

□聲短棹，柳色長條，無花但覺風香。萬境天開，逸興縱我清狂。白鷗更閑似我，趁平蕪、飛過斜陽。重嘆息，却如何不□，夢裏黄粱。一自三高非舊，把詩囊酒具，千古凄涼。近日烟波，樂事盡逐漁忙。山横洞庭夜月，似瀟湘、不似瀟湘。歸未得，數清遊、多在水鄉。

又 寄葉書隱

百花洲畔，十里湖邊，沙鷗未許盟寒。舊隱琴書，猶記渭水長安。蒼雲數千萬疊，却依然、一笑人間。似夢裏，對清尊白髮，秉燭更闌。渺渺烟波無際，喚扁舟欲去，且與凭闌。此別何如，能消幾度陽關。江南又聽夜雨，怕梅花、零落孤山。歸最好，甚閑人、猶自未閑。

木蘭花慢

歸隱湖山書寄陸處梅

二分春是雨，採香徑、綠陰鋪。正私語晴蛙，于飛晚燕，閑掩紋疏。流光慣欺病酒，問楊花、過了有花無。啼鴂初聞院宇，釣船猶繫菰蒲。林逋。樹老山孤。渾忘却、隱西湖。嘆扇底歌殘，蕉間夢醒，難寄中吴。秋痕尚懸鬢影，見蓴絲、依舊也思鱸。黏壁蝸涎幾許，清風衹在樵漁。

清平樂

蘭曰國香，爲哲人出，不以色香自炫，乃得天之清者也。楚子不作，蘭今安在。得見所南翁枝上數筆，斯可矣。賦此以紀情事云。

□花一葉。比似前時別。烟水茫茫無處説。冷却西湖□月。貞芳衹合深山。紅塵了不相關。留得許多清影，幽香不到人間。

又

贈雲麓麓道人

□□不了。都被紅塵老。一粒粟中休道好。弱水竟通蓬島。孤雲漂泊難尋。如今却在□□。莫趁清風出岫，此中方是無心。

又

題平沙落雁圖

平沙流水。葉老蘆花未。落雁無聲還有字。一片瀟湘古意。扁舟記得幽尋。相尋祇在□□。莫趁春風飛去，玉關夜雪猶深。

臨江仙

甲寅秋，寓吴，作墨水仙，爲處梅吟邊清玩。時余年六十有七，看花霧中，不過戲縱筆墨，觀者出門一笑可也。

翦翦春冰出萬壑，和春帶出芳叢。誰分弱水洗塵紅。低回金叵羅，約略玉玲瓏。昨夜洞庭雲一片，朗吟飛過天風。戲將瑶草散虚空。靈根何處覓，祇在此山中。

思佳客

題周草窗《武林舊事》

夢裏瞢騰説夢華。鶯鶯燕燕已天涯。蕉中覆處應無鹿，漢上從來不見花。今古事，古今嗟。西湖流水響琵琶。銅駝烟雨棲芳草，休向江南問故家。

清平樂

別苗仲通

柳間花外。日日離人淚。憶得樓心和月醉。落葉與愁俱碎。如今一笑吴中。眼青猶認衰翁。先泛扁舟烟水，西湖多定相逢。

又

過金桂軒墳園

□□晴樹。寒食無風雨。記得當時遊冶處。桂底一身香露。神仙衹在蓬萊。不知白鶴飛來。乘興飄然歸去，瞋人踏破蒼苔。

風入松

久別曾心傳，近會於竹林清話。歡未足而離歌發，情如之何，因作此解，時至大庚戌七月也。

滿頭風雪昔同遊。同載月明舟。回來又續西湖夢，繞江南、那處無愁。贏得如今老大，依然祇是漂流。

故人翦燭對花謳。不記此身浮。征衣冷落荷衣暖，徑雖荒、也合歸休。明□□□烟水，相思却在并州。

漁歌子

張志和與余同姓，而意趣亦不相遠。庚戌春，自陽羨牧溪放舟過罨畫溪，作《漁歌子》十解，述古調也。

□卯灣頭屋數間。放船收盡一溪山。聊適興，且怡顏。問天難買是真閑。

又

□□□□□溪流。緊繫籬邊一葉舟。沽酒去，閉門休。從此清閑不屬鷗。

又

□□□□白雲多。童子貪眠枕綠蓑。莞爾笑，浩然歌。奈此蕭蕭落葉何。

又

□□□□半樹梅。捲簾一色玉蓬萊。宜嘯咏，莫徘徊。乘興扁舟好去來。

又

□□□□□子同。更無人識老漁翁。來往事，有無中。却恐桃源自此通。

又

□□□□□求魚。釣不得魚還自如。塵事遠，世人疏。何須更寫絕交書。

又

□□□□濯塵纓。嚴瀨磻溪有重輕。多少事，古今情。今人當似古人清。

又

□□□□□浮家。篷底光陰鬢未華。停短棹，艤平沙。流來恐是杏壇花。

又

□□□□□孤村。路隔塵寰水到門。斜照散，遠雲昏。白鷺飛來老樹根。

又

□□□年酒半酣。知魚知我靜中參。峰六六，徑三三。此懷難與俗人談。

一翦梅

悶蕊驚寒減艷痕。蜂也消魂。蝶也消魂。醉歸無月傍黃昏。知是花村。知是前村。

留得閑枝葉半存。好似桃根。不似桃根。小樓昨夜雨聲渾。春到三分。秋到三分。

南鄉子

野色一橋分。活水流雲直到門。落葉堆籬從不掃，開尊。醉裏教兒誦楚文。

隔斷馬蹄痕。商鼎熏花獨自聞。吟思更添清絶處，黃昏。月白枝寒雪滿村。

清平樂

過吴見屠存博近詩有懷其人

五湖一葉。風浪何時歇。醉裏不知花影別。依舊空山明月。夜深鶴怨歸遲。此時那處堪歸。門外一株楊柳，折來多少相思。

柳梢青

清明夜雪

一夜凝寒，忽成瓊樹，換却繁華。因甚春深，片紅不到，緑水人家。眼驚白晝天涯。空望斷、塵香鈿車。獨立回風，東闌惆悵，莫是梨花。

南歌子

陸義齋燕喜亭

窗密春聲聚，花多水影重。衹留一路過東風。圍得生香不斷、錦熏籠。

月地連金屋，雲樓瞰翠蓬。惺忪笑語隔簾櫳。知是誰調鸚鵡、柳陰中。

青玉案

閑居

萬紅梅裏幽深處。甚杖屨、來何暮。草帶湘香穿水樹。塵留不住。雲留却住。壺内藏今古。

獨清懶入終南去。有忙事、修花譜。騎省不須重作賦。園中成趣。琴中得趣。酒醒聽風雨。

附録

送張叔夏西遊序

戴表元

玉田張叔夏與余初相逢錢塘西湖上，翩翩然飄阿錫之衣，乘纖離之馬，於時風神散朗，自以爲承平故家貴遊少年不翅也。垂及强壯，喪其行資。則既牢落偃蹇。嘗以藝北遊，不遇，失意。亟亟南歸，愈不遇。猶家錢塘十年。久之，又去，東遊山陰、四明、天台間，若少遇者。既又棄之西歸。

於是余周流授徒，適與相值，問叔夏何以去來道途若是不憚煩耶？叔夏曰：『不然，吾之來，本投所賢，賢者貧；依所知，知者死；雖少有遇而無以寧吾居，吾不得已違之，吾豈樂爲此哉？』語竟，意色不能無阻然。少焉飲酣氣張，取平生所自爲樂府詞，自歌之，噫嗚宛抑，流麗清暢，不惟高情曠度，不可褻企，而一時聽之，亦能令人忘去窮達得喪所在。

蓋錢塘故多大人長者，叔夏之先世高曾祖父，皆鐘鳴鼎食，江湖高才詞客姜夔堯章、孫季蕃花翁之徒，往往出入館穀其門，千金之裝，列駟之聘，談笑得之，不以爲異。迨其途窮境變，則亦以望於他人，而不知正復堯章、花翁尚存，今誰知之，而誰暇能念之者！

嗟乎！士固復有家世才華如叔夏而窮甚於此者乎！六月初吉，輕行過門，云將改遊吴公子季札、春申君之鄉，而求其人焉。余曰：唯唯。因次第其辭以爲别。

贈張玉田

仇遠

秦川公子謫仙人，布袍落魄餘一身。錦囊香歇玉簫斷，庾郎白髮徒傷春。

金臺掉頭不肯住，欲把釣竿東海去。故鄉入夢忽歸來，井邑依依鐵爐步。

碧池槐葉玄都桃，眼空舊雨秋蕭飀。太湖風月數萬頃，扁舟乘興尋三高。

西北高樓一杯酒，與子長歌折楊柳。江山信美盍便留，蓴菜鱸魚隨處有。

又

將軍金甲明如日，勒馬橋邊清警蹕。惟揚撤衛羽書沉，置酒行宮功第一。

蟬冠熊軾填高門，英英玉照稱聞孫。百年文物意未盡，玉田公子尤超群。

紫蕭吹殘江水立，野雉驚塵暗原隰。夜攀雪柳踏河冰，竟上燕臺論得失。

丈夫未遇空遠遊，秋風淅瀝銷征裘。翩然騎鶴歸海上，一笑相問誇綢繆。

兩曜奔飛互朝夕，璇府森芒蠡莫測。要須畫紙爲君聽，落筆雌黄期破的。

壺中白日常高懸，道逢落魄呼醉眠。清歌停雲意慘淡，倚聲更度飛龍篇。